O menino que se trancou na geladeira

CB131930

OBJETIVA

FERNANDO BONASSI

O menino que se trancou na geladeira

OBJETIVA

© 2004 by Fernando Bonassi

Todos os direitos desta edição reservados à

EDITORA OBJETIVA LTDA., rua Cosme Velho, 103

Tel.: (21) 2556-7824 – Fax: (21) 2556 3322

www.objetiva.com.br

Capa

Paula Astiz sobre foto de Domingues

Revisão

Renato Bittencourt

Neusa Peçanha

Editoração Eletrônica

Abreu's System

B699m

Bonassi, Fernando

O menino que se trancou na geladeira / Fernando Bonassi . – Rio de Janeiro : Objetiva, 2004

218 p. ISBN 85-7302-642-1

1. Literatura brasileira – Romance. I. Título.

CDD B869.3

Para Valentina no ventre de Malu

Somos o que podemos, mas sentimos o que somos.

(*Do Amor*, Stendhal)

Primeira parte:

A. G.

(Antes da Geladeira)

Desde que nascera, esse que por ora chamaremos de... "menino" sentira um tremor generalizado. Bebezinho, pelado e sozinho, não podia saber que parte de tal vibração vinha da natureza mesma das coisas daquele mundo; que os impérios, as sentenças judiciais, as boas intenções e os programas de televisão se somavam, e as pedras se acumulavam umas sobre as outras até virarem pó em sua esfregação constante com os ventos da mudança; que o fundo mais estável do planeta que habitava estava se mexendo como um caldeirão de molho à bolonhesa grosso, fervendo sem controle; que abaixo deste... "solo" onde se pisava com toda a força, existia apenas uma bola de fogo que se renovava como a garganta ferida puxa catarros renitentes...

O que esse... "menino", no entanto e mesmo sendo um bebezinho, sabia muito bem é que havia sim um tremor que era próprio dele. Uma tensão no epicentro. Uma vibração na traquéia. Uma insegurança dos ossos. Uma vontade de chorar por nada. Algo que rondava, que roncava por dentro, provocando a prisão do seu ventre gasoso e arrepiando-lhe a coluna vertebral até a moleirinha malformada.

Podia estar coberto por todos os recursos do seu guarda-roupa herdado, podia estar muito perto, mas perigosamente perto de uma fogueira, como às vezes seus Pais o deixavam; podia brincar irresponsavelmente no beiral de uma janela distante nas alturas, afligindo os curiosos de binóculo; podia ser abandonado vizinho de uma fritura de batatas molhadas; podia tomar sol do meio-dia sem chapéu ou protetor; podia ser escaldado com a água fervendo do banho diário; podia até mesmo estar colado ao corpo dos parentes e amigos dos parentes em abraços acalentadores e ainda assim sentia o frio profundo no âmago.

Não se sabe até que ponto o "espanto permanente" da criança teria lhe forçado a estrutura do ventre, de maneira a torná-lo protuberante por natureza, mas as condições subumanas de seu parto no Hospital Público certamente tinham selado sua sorte.

Os acidentes com facas eram cada vez mais comuns naquelas épocas de crise, quando as armas de fogo dobravam seu preço em dólar, sendo responsáveis por 22 por cento das ocupações em longo prazo das UTIs Governamentais, perdendo apenas para os motoqueiros sem capacete e os bombeiros voluntários. No caso deste que, no momento, chamamos apenas de... "menino", os profissionais concursados da área, sem paciência para aguardar o ritmo normal do parto natural de cócoras, que sua Mãe, já meio abaixada de dor e de vontade de expulsá-lo, se propunha a fazer em plena recepção... e não se admitiam aquelas coisas bem na recepção, onde as pessoas eram obrigadas a ter a melhor impressão possível dos Hospitais Públicos... simplesmente a enfiaram num corredor/enfermaria e lhe arrancaram o aterrorizado bebezinho a facadas! Pode-se imaginar o ponto de vista de um espírito que vem ao mundo desta maneira sanguinolenta...

No dia fatídico de seu "nascimento", diz a legenda que um grupo da estirpe dos médicos encontrava-se num intervalo do PS Público, quando dispunha de menos de cinco minutos cravados por sirenes insuportáveis para ingestão das doses de pão com manteiga e café com leite bem doce fornecidas pelo Governo Nacional, ocasião em que um Parteiro Concursado dentre eles teria usado na barriga da Mãe do... "menino" o mesmo instrumento perfurocortante previamente mergulhado na margarina sem colesterol ruim, uma pavorosa faca de serra, puxada irresponsavelmente da mão de um residente que repetia por três vezes o primeiro ano de Cirurgia Básica II. Um lanche tão pobre em nutrientes não ajuda uma equipe, mesmo médica e concursada, a trabalhar em sintonia, mas como um residente daqueles pudera ter passado pela Cirurgia Básica I, só o Supremo sabia!

Na verdade, o que os homens sabiam era que havia muita "influenza" no Governo Nacional, de forma que qualquer carniceiro podia almejar posições sem muita responsabilidade em vários postos da administração. Como não havia eleições, os polítipicos não tinham a menor vergonha de fazer as maiores interferências nos resultados dos Concursos Públicos, "influenziando" indicações, tarefas e até mesmo o planejamento estratégico da concorrência desleal. Essa manipulação masturbatória destinava-se a empregar na coisa Pública a energia de quem não precisava, ou até mesmo nem queria tal posto, criando assim uma corja de gozadores esquentadores de cadeira e comedores de merenda que se encastelariam no Governo Nacional de tal modo que acabavam reeleitos por insistência.

O descalabro atingia a Saúde Pública de maneira especialmente grave, pois ali se tratava da preservação de vidas humanas! As maiores porções desse pequeno orçamento destinavam-se à Fábrica Nacional de Remédios e, ainda assim, mais para a preservação dos cargos do que propriamente no investimento em pesquisa e tecnologia bioquímica. Naquela época, acreditava-se que esse modelo de tratamento dispensava a internação nos hospitais, com seus médicos, exames "por fora" do convênio, leitos e injeções, bem como enfermeiras feias (mais baratas) ou bonitas e elegantes (mais caras), pois prescrevia-se um remédio e mandava-se o doente para casa, mesmo que o mesmo caísse na calçada ou numa emboscada de uma caçada policial. Raramente os doentes tinham dinheiro para aviar as receitas, de modo que elas acabavam "enviadas" ao lixo reciclável. Some-se a isso o compromisso da Medicina Pública com a lucratividade dos balanços externos do Governo Nacional e teremos criado o panorama: para que a atividade de manutenção das vidas humanas fosse cada vez mais rentável, cortavam-se as verbas da área que investiria em aparelhos adequados, como bisturis, por exemplo. Como também se cortava (sem dó, nem bisturi) na manutenção de estradas e na segurança contra incêndios, os motoqueiros sem capacete e os bombeiros voluntários estavam entre aqueles mais prejudicados pelas polítipicas institucionais do Governo. Os desmandos tinham transformado a maneira de fazer ciência, onde a verdade dos fatos podia também receber a referida "influenza" daqueles técnicos sindicalizados em serviço.

Quando os funcionários da Saúde Pública se preparavam para um movimento salarial, por exemplo, passavam a fazer mal, ou simplesmente deixavam de fazer, a boa higiene nos pacientes, expondo-os a infecções hospitalares rebeladas pelos corredores/enfermaria. Num contexto desse porte, as mais reles operações de amígdala, vesícula ou fimose transformavam-se em aventuras soturnas e sanguinárias, abortos fetais na maioria das vezes fatais. Com a oferta gratuita de caixões, homenagens e exéquias nos Velórios Sociais, a experiência racional se tornava um enorme desperdício para a economia formal! A crise se aproximava daquele limite tênue, quando só para os mortos o esquema escuso realmente parecia funcionar.

Isto posto, numa dessas coincidências que fazem reverberar a tragédia anunciada, aquele período em que o referido... "menino" veio à luz (e essa expressão lhe cai muito bem, porque a luz o cegava) era época de Reivindicações

Funcionais. O Corpo de Funcionários se preparava para uma greve monstro, uma monstruosidade trabalhista que pararia o país pelas esquinas afobadas de ônibus e carretas desligadas, inviabilizando até mesmo as ambulâncias e os carros particulares dos bombeiros voluntários subitamente transformados em viaturas. Em dias como aquele, os menores procedimentos gratuitos eram negligenciados em todas as Repartições de Conduta. O *free service* de cirurgia plástica para reparação do ventre dilacerado do... "menino", por exemplo, fora apressado porque haveria uma Assembléia de Votação inadiável logo em seguida, deixando as evidentes marcas do desleixo e mal acabamento, cicatrizando-se o membro umbilical numa espiral grotesca.

Foram anos de enxerto de pele e músculos! Primeiro, enxertaram-lhe porções das nádegas, que havia em abundância e eram fáceis de abocanhar. No entanto, sentia uma tendência decadente pelo corpo. Uma vontade de se abrir ao meio. A pele e a carne, mesmo em local diferenciado, continuavam se comportando como dantes, querendo sentar-se. Não deu certo. Do mesmo modo quando dos enxertos que eram feitos com as coxas e o... "menino" jovem sentia uma vontade de correr com uma vontade de morrer angustiante. Para nova frustração geral, também reverteu-se esta operação. Enxertaram-lhe em seguida partes da mão, mas como aquele não era um lugar de fazer ou agarrar o que quer que fosse, não havia sentido em dar uma utilidade para alguma coisa que não servia para nada. O resultado cada vez mais catastrófico e vergonhoso era visado até mesmo pelas outras crianças no berçário, que riam até ficar roxinhas de sede e fome. Quando os doutores conseguiram distorcer as coisas de modo a retornarem ao velho ponto de partida, deram-se por satisfeitos de tudo ficar por isso mesmo.

Assim, devassado no meio de sua intimidade, uma necessidade de "proteção maior" crescia mais urgente e depressa que o próprio... "menino"!

Por essa época, o Governo Nacional havia instituído três tipos de cestas básicas, um para cada uma das três classes sociais estipuladas pelo Governo Nacional: "A", para os Ricos, cujas cestas vinham cheias de guloseimas e bebidas importadas; "B", para os Pobres, uma cesta praticamente vazia de aminoácidos; e a cesta "C", para os INM, aqueles que se encontravam "Imprensados no Meio", grávida de promessas mirabolantes.

Até então e como sempre depois disso, a classe dos Imprensados no Meio vivia grande angústia. Mais antigamente, quando eram felizes e não sabiam, permaneciam esquecidos pelo Governo Nacional. Representavam velhas Hierarquias, tão amargas e corroídas pela falta de poder que nem valiam a pena conquistar, exterminar e dar-se ao trabalho de demarcar terras revolutas. Pastando seus animais e empregados, faziam teses de mestrado e plantavam cocaína em pasta nas encostas das Montanhas (abandonadas pelos Ricos, que se espalharam pelo Vale da Planície na Idade do Ouro). Com a pressão globalizante e a conseqüente inclusão obrigatória de todos, ao serem lembrados, esses povos ultrapassados passaram automaticamente a receber cestas básicas do tipo "C" e a pagar altas taxas de impostos e dízimos via telefone e Internet. Aterrorizava os pais do... "menino" o provável destino de decaírem ainda demais (aflição que atingia com especial efeito a Mãe, posto que viera de uma família R/SRC — a ostensivamente ignorada subclasse "Rico/Super-Rico Caído"). Ninguém punia o descenso de classe, mas os olhares que esses caídos recebiam dificultavam sua humilhante movimentação para baixo.

"*É mesmo mais fácil chutar um cachorro decadente do que aqueles do tipo que avançam!*", diziam os zootécnicos do Governo. A Mãe do... "menino" não parava de pensar obsessivamente nisso, infernizando o marido com exigências, broncas e comidas requentadas no almoço. O mal que acabaria por matá-la dava os seus primeiros sinais, mas, como todos os primeiros sinais importantes, foram ignorados. Em suma: a Luta de Classes, embora negada na primeira versão do Plano Teórico, começava a preocupar.

O fato é que se decaíssem a ponto de se tornarem INM/QP (a ostensivamente ignorada subclasse dos "Imprensados no Meio/Quase Pobres"), os Imprensados no Meio teriam perdido um tal "*status*" ao qual achavam que um dia, eventualmente, teriam direito. Não era claro e, como tudo que causa horror, nem interessava muito à gente, excetuando-se casos como o daquela Mãe, que supunha ainda ter algo mais a perder. Por outro lado, para ascender aos paraísos fiscais Ricos, havia muito o que deixar de fazer, sempre fazendo de conta que fazia, mandando trouxas que fizessem por sua vaidade e capricho e para isso é preciso impor um certo respeito, exibir revólveres ou diplomas, formar agremiações partidárias, contratar segurança e assessoria jurídica, designar agências de propaganda, encomendar carro blindado...

As Telenovelas Nacionais, tanto as da TV do Amour como as da TV da Força Maior, sempre trouxeram enredos nos quais se explorava o suposto sofrimento dos Ricos. Se era possível imaginar que até mesmo os personagens estratificados nessa classe superior poderiam receber a ameaça de cair, o que não poderia acontecer aos que estavam invariavelmente Imprensados no Meio, em carne e osso?! Nesses teledramas, ora condenados à estupidez de onde partiram, ora valorizados como pops e modernos, havia muito o que aprender sobre com que cara-de-pau as classes estipuladas pelo Governo Nacional olhavam para si mesmas, ignorando-se reciprocamente. O Pai desse... "menino", por exemplo, não tinha bons olhos para ninguém, nem se via em boa situação... era míope, astigmático e enigmático.

O Sistema de Comunicação Governamental havia sido concebido num passado remoto, quando a classe dos Imprensados no Meio nem existia. Era período da Guerra

Civil da Civilização Brasileira e nessa época muito remota do conflito mundial os Ricos sem Governo haviam se isolado nas montanhas, onde sofriam ataques constantes e de todos os lados por parte de Soldados Pobres sem Educação. As batalhas eram incansáveis e as justificativas para lutar, sempre óbvias ou inóspitas. Ainda assim, os alistamentos não paravam. Menos entre os Ricos, que preferiam parar, no mínimo, quatro vezes por dia: café da manhã, almoço, janta e oito horas de sono. Mais dedicados eram os Soldados Pobres sem Educação, entre os quais havia como que uma obrigação moral de ser valente e rumar sem armas para os picos distantes, dia e noite fortemente guardados por sentinelas contratados de metralhadora, onde jamais chegariam. Embora aquele conflito mundial tivesse essas cartas marcadas, os Ricos temiam que a barbárie pudesse desandar de vez, cobrindo os picos nevados e suas casas com varanda para o vale da planície. Hoje, no período de inverno, quando os Novíssimos Ricos, herdeiros dos Ricos sem Governo, reconquistam os picos nevados, agredindo os montanheses, tomando seu vinho e comendo toda a lingüiça estocada, chamando a isso de "Festa Popular", estão nada mais nada menos pagando um tributo a esses acontecimentos históricos de seus ultrapassados.

Destinado a ficar para sempre como um aviso do Supremo, os Ricos sem Governo tiveram a idéia da Mensagem Truculenta. A Mensagem Truculenta seria uma luz poderosa enviada do céu, através de um jogo de espelhos de cristal polido côncavos, voltados diretamente para o pico com a maior densidade de Ricos sem Governo. Ali estaria, atrás de uma rocha mais avantajada, um cartaz ou placa, com dizeres que estabelecessem alguma ordem que os beneficiasse em meio ao caos dos elementos. Havia três ou quatro informações importantes a transmitir a quem pudesse interessar:

Primeiro: constituía-se definitivamente o Governo Nacional, composto das três classes já referidas (Ricos, Pobres e Imprensados no Meio), ignorando-se ostensivamente as subclasses em qualquer nível de interesse.

Segundo: o Governo Nacional definitivo seria formado pelos ex-Ricos sem Governo, inventores dessa idéia e também da idéia de que estariam melhor preparados para essas coisas mais que todos os outros nas demais classes.

Terceiro: visando todos os expedientes conhecidos e desconhecidos, criava-se o Sistema de Comunicação Governamental.

Entende-se a preocupação daqueles ex-Ricos sem Governo, então Novos Ricos, com a própria imagem que queriam transmitir e o Sistema de Comunicação Governamental remonta a esse estágio da acumulação cultural. Seus dois braços institucionais eram as únicas duas televisões conhecidas: as igualmente já referidas TV da Força Maior e TV do Amour.

Grosso modo, a TV da Força Maior congregava os Ricos mais desconfiados, que buscavam explicações menos plausíveis de como as coisas tinham sido e como poderiam ficar assim para sempre. A TV do Amour reunia os antigos Soldados Pobres sem Educação, a partir de então designados apenas como Pobres, que precisavam de renovado conforto espiritual e estímulo físico para servirem aos Ricos. Os ex-soldados que, por desgraça, se destacaram naquelas batalhas, de um lado e de outro, vieram a formar, por concessão de suas classes de origem, a classe autônoma dos Imprensados no Meio. Estes, por não terem direito à religião de qualquer tipo, permaneceram devotados às explicações mais espúrias e puderam estudar. Só um pouquinho.

Através de uma MCP (Medida Cautelar Provisória) instituíram-se as UFs (Universidades de Formação), onde a nova classe preparava-se para convencer os outros (especialmente os Novos Pobres, ou simplesmente Pobres) de que era melhor deixar o dito pelo não dito quando se tratava das decisões do Governo Nacional. Uma das escolas que mais se destacaram na produção de um conhecimento que justificasse muito bem as coisas como estivessem, era a Academia de Artes e Ofícios de Comunicação, igualmente uma das mais difíceis de passar raspando.

Nessas instituições, não bastava um bom projeto de crescimento ou prova de admissão limpinha e bem resolvida na cabeça. Ali também era necessária uma certa referida... "influenza" na indicação. O Pai do referido... "menino", ex-Soldado Pobre sem Educação, reformado de medalhas, com estilhaços de granada no cérebro, estudara para Apresentador de Nível Médio na referida Academia, mediante pressão e bolsa do exército, agora a soldo do Governo Nacional dos Ricos, "el definitivo", designado desde o primeiro momento apenas como Governo Nacional.

Contra todas as expectativas — e não havia muitas — o aluno fora um prodígio de interesse no desenvolvimento das várias especialidades da função. Fechara com médias elevadíssimas disciplinas como: apresentador de policiais jornalísticos, telejornal sério, telejornal de brincadeirinha, consultor sentimental, astrólogo, comentarista esportivo de madrugada, economista matutino, padre engraçadinho, renovação carismática, ioga, comunionismo-cristão, telepastor, telepastagem, califa e rabino. Seus exames práticos evidenciavam um homem preparado naturalmente para enfrentar o público. Batia nele com os punhos cerrados se fosse necessário, o que a princípio fora considerado "figura de estilo" e depois denominado "conseqüências do ferimento de Guerra".

A mesma disciplina e inventividade, lamentavelmente, não seria encontrada no Plano Teórico. O Plano Teórico tinha sido rapidamente desenrolado pelo Governo Nacional logo após a vitória na Guerra Civil da Civilização Brasileira e, supostamente, era um plano de *marketing* financiado pelos Ricos para dar o bem-estar espiritual a todos, indistintamente, de modo que tudo continuasse como "il fosse". A classe dos Imprensados no Meio era a mais dada a espiritualismos didáticos desse gênero, de forma que a indústria dos livros crescia exponencialmente. Além do mais, os livros confortavam mais no inverno, quando podiam ser queimados para a produção de calor humano. Pressionado pelo hipermercado gráfico e papeleiro, o Governo Nacional tinha ordenado ao Monastério da Educação que se enfiasse no CUM (Currículo Mestre) as disciplinas TIPPT I, II e III (as famosas "Teorias Impressas em Papel do Plano Teórico"). O conhecimento do Plano Teórico, portanto, equivalia em gênero, número e grau a qualquer habilidade prática na aquisição e desempenho de cargos públicos. Devemos lembrar que o Sistema de Comunicações era Governamental e que seus dois braços institucionais, as TVs Gratuitas (da Força Maior e do Amour), eram as únicas organizações com postos de trabalho avançados convenientes a um Apresentador em Nível Médio, formado e concursado.

O pai daquele... "menino" repetidamente repetiu o primeiro ciclo do Curso Básico de Teoria Impressa em Papel do Plano Teórico I, terminando por ser jubilado e excluído das prioridades de contratação das Empresas Públicas.

Não era justo. Nem é. Mas ninguém neste romance-reportagem havia falado propriamente em justiça. Os Ricos assistiam a essa situação com freqüência, quando passavam por cima de helicóptero ou mesmo em minijatos. Nem precisavam se elevar tanto para ter uma vaga idéia daquilo em que degenerava seu Projeto Polítipico. As filas dobravam quarteirões e as pessoas gostavam de permanecer nelas, pois enquanto houvesse fila haveria esperança de atendimento. A reação Rica era virar o rosto para o outro lado da problemática: não iam se interessar por desemprego informal se não precisavam trabalhar. Tudo isso estava claramente expresso no Plano Teórico, mas era na prática que as coisas não funcionavam. Os Imprensados no Meio, muitos deles Super-Ricos Caídos, traziam más recordações para aqueles que agora se encontravam por cima. Assim, um ou outro dentre essa classe de abastados, por exemplo, terminava por contrair Kulpa.

A Kulpa, por exemplo, era doença qualquer, como a *Gripe Suflora* (nada tão grave quanto o *Mal de Uzai-me*, por exemplo). Não chegava a matar, nem chegava a feder, mas podia fazer com que um Rico desse uma mão para um Imprensado no Meio (não há menção na literatura crítica de qualquer caso de Rico dar mão a Pobre). Tipos como o Pai do... "menino" raramente escapavam aos olheiros kulposos da TV da Força Maior, onde os mais decentes dentre os Ricos que se sentiam mal simplesmente por serem ricos e garbosos gostavam de contratar estrelas precoces a peso de ouro, lucrando o triplo com sua escravidão bem-vestida, consumindo-as até o talo em festas bacanas, para cuspi-las em seguida nas calçadas da amargura mais azeda. Moído nesse famoso quebra-cabeça da fama, o Pai do... "menino" teve as poucas idéias que prestavam roubadas numa única noite pelos Diretores de Reprodução de Telenovelas. Drogado e forçado a beber grandes goles de Esculatxa, uma bebida Rústica (pode agora ser encontrada fartamente na Moscolníy liberada), tornara-se mal-educado e ranzinza. Nessa noite, quando o... "menino" fora deixado aos cuidados da Mãe, já apresentando alguns sinais evidentes da demência que a atazanava, o Pai descera aos infernos dos prazeres e ofertas espúrias, ouviu de tudo e, repentinamente, voltou-se para nada mais nada menos que o Diretor de Reprodução de toda a Cadeia da Força Maior, o empresário José Carlos Mixto (que não se misturava e vivia em pendengas jurisdicionais para tirar a letra "t" de seu nome). Ali, com a ajuda de um ventilador, o Pai do... "menino" espalhou tudo o que pensava de pior, no melhor sentido, não apenas das orientações espirituais da TV da Força Maior, mas do planejamento espiritual do Plano Teórico como um todo. Os Agentes do Governo Nacional, responsáveis por essa jurisdição, deram-lhe voz de prisão e o mandaram calar a boca. Assim, aquele Pai do... "menino" passou cinco anos preso e de boca calada. Ficara tão calado que deixara de depor até em seu próprio benefício, obtendo a pena máxima. Permaneceu tão quieto que passou, no terceiro mês de recolhimento, a ocupar a temida Solitária Solium, destinada aos condenados à morte por aspiração. Ali recebia apenas seu Advogado Honesto Lento para ouvir-lhe as dicas e arrastadelas do processo pelo melhor cargo que manteve em riste (caso Apresentador de Nível Médio contra a União dos Interesses do Governo Nacional). O completo isolamento daquele homem, liberado para o banho de sol uma vez por bimestre, quando algum inimigo mortal estava à solta no mesmo pátio, transformara-o num Homem Taciturno. Taciturnamente ele cumpriu a sua sina até o fim: quatro anos e nove meses de Solitária Solium entremeados por escassos banhos de sol e constantes visitas daquele tipo de advogado contratado, quando era obrigado a defender-se com unhas e dentes.

Libertos, os Homens Taciturnos espalhavam-se pelos becos centrais da cidadela, falando desagradavelmente com estátuas, postes e edificações em geral. Esses Taciturnos não conseguiam emprego nem mesmo numa recepção, pois não sabiam mais sorrir nem faziam muito bem a barba, cortando-se e exibindo-se de escaras no rosto. Num desses ambientes decompostos em que naufragava numa tarde quente de verão, onde os insetos picavam insistentemente nos músculos dos braços magros, foi que o Pai do... "menino" recebera a proposta do referido Rico Kulposo. Aquele homem o abordara em aflição, argumentando que sofria tanto que distribuíra as suas próprias três últimas cestas básicas, gesto terminantemente proibido pelo Governo.

Aquele Rico se dizia representante de um Corpo Kulposo que se encastelara na direita do Estado Nacional, o que tornava a torcida por seus lances muito mais difícil, pois todos tinham que fingir serem ainda mais ricos do que de fato eram. O fato é que, nas disputas intestinas, aquele corpo estranho ajeitara seus pauzinhos para conseguir o que consideravam um excelente cargo público para o Pai do... "menino". O desafio era assumir a Portaria Anexa II, da TV da Força Maior.

Acontecia, no entanto, aquilo para o que o Plano Teórico sempre alertara: o que resolve o problema de alguns coloca novas questões para outros. Sim, só o Supremo e alguns cartórios sabiam o quanto o Pai do... "menino" precisava daquele emprego. O aluguel de sua casa estava atrasado vários anos e os Agentes Agiotas do Governo Nacional não o deixavam em paz.

O Pai do... "menino" tinha mesmo um nó na garganta e um rei na barriga e seria muito difícil que alguém arriscasse num profissional com essas características para o desempenho das tarefas naquela Portaria, ou "porcaria", como o próprio esnobe dizia. Ali eram atendidos telefones e Ricos, eram anotados recados, Mensagens cifradas e placas de carros blindados que entravam e saíam para entrevistas; sendo necessária experiência em algumas daquelas aulas práticas de Etiqueta III, constantes do Plano Teórico, como tomar café de bule com dedinho em pé e servir-se de capacho! O resultado da Sentença Oficial lhe caía como um tapa na cara: fora considerado inapto para função mais importante que aquela mesma, pagando os honorários de todos os envolvidos e condenando-se ao trabalho escravo para o resto da vida.

A história antepassada da Mãe, a princípio, poderia indicar melhores perspectivas, por mais que todas elas tendessem fragorosamente ao fracasso. Ao contrário do marido ela era, como já soubemos apressadamente, uma representante autêntica dos antigos SR (Super-Ricos). Essa hierarquia fora forjada no bem-bom dos velhos tempos, quando não havia o Sistema de Comunicações Governamental e a maioria esmagadora vivia esmagada numa espécie de ignorância diferente desta agora, tão comum. Essa gente, que já havia traficado escravos, cana-de-azúcar, palmito orgânico e videogames do Paraguay, vivia uma época de esplendor kulposo e humanista. Patrocinavam atletas sem condições, corais de meninos agudos bichas, filmes do interior e peças da capital. Ocupavam cargos desinteressadamente e não trabalhavam muito só para dar exemplo.

A Mãe do... "menino" matricularia-se no curso de Arte Dramática do Consultório Sentimental. Os Consultórios Sentimentais eram, digamos para facilitar as coisas, espécies de "UFs primitivas", portanto mais fáceis de passar raspando com pouca "influenza". Alguns Super-Ricos já tinham decaído, mas não se tocava neste assunto. Fracassar era o pecado Supremo contra o Governo Nacional e ele só tratava disso, mesmo que historicamente, se fosse por baixo do pano e fazendo de conta que não.

Não se passa impunemente pela vida, tendo caído uma vez que seja. Parece, no entanto, que mesmo aqueles decadentes de uma vez o fazem aos poucos, como se passo a passo descessem sem parada para procurar alguma coisa no porão do subconsciente. Essas kulturas primitivas demoram a desaparecer com seus modos de conduta e podemos encontrar vestígios de suas manias até os dias atuais (confessionário, banhos de assento, apego à Lua e certas híyerbas sonoríferas). A Mãe do... "menino" não era uma exceção. Ultrapassados administradores das artes e espetáculos, os Super-Ricos, ainda conseguiram se proteger na transição para o mundo civilizado, decretado pelo Governo Nacional (cujo exibicionismo se tornara um vício) após a Guerra Civil da Civilização Brasileira, por meio de repetidas Mensagens Truculentas numa tosca Escrita Oficial. Por essas e outras que não pudemos apurar, mesmo sem aqueles atributos institucionais práticos e teóricos requeridos à época (o que geraria comentários diversos), a tal Mãe, através da escassa "influenza" que lhe restara, conseguiu (mais comentários) exercer o cargo de AMI, Atriz de Menor Importância nas cenas bíblicas paradas da TV do Amour.

As cenas bíblicas paradas da TV do Amour remontam os livros sagrados primitivos encontrados pelos antropólogos assustados nos escombros das kulturas passadas. Traziam paisagens com muralhas no horizonte, jegues carregados de maçãs argentiníyas, favelas de pedra branca e montanhas de areia, além de poses de homens, mulheres e plantas, cobertos de panos e virtudes, tudo em preto-e-branco, para as crianças colorirem.

Dentre as cenas bíblicas paradas mais importantes que a Mãe do... "menino" havia interpretado na TV do Amour, encontravam-se "Gênesis", "A Multiplicação dos Pães", "O Milagre dos Peixes", "A Primeira Missa", "Inauguração de Brasileíya", "Muro de Berlíynka", "Paciência de Jó" e "Apocalipse Now", além da clássica "A Manjedoura", onde encarnara cinco virgens na década de 45.

"A Manjedoura" era dirigida por um novo artista a cada ano, recebendo os mais distintos toques dos agrupamentos religiosos. Podia ser clássica ou moderna, insossa ou ignominiosa, de tendências palestiníycas, juthias ou kalabressas. A Mãe do... "menino" sobreviveria a cinco desses encenadores, numa prova de durabilidade inconteste naquela emissora. Sua Virgem desafiara o Poder Geral destilado no Plano Teórico e, ao contrário de portar-se como uma verdadeira estátua naquela específica cena bíblica parada, chorava sem parar diante do Pobre menino Jesus.

Até então os Pais do... "menino" viviam em completo desinteresse e desencontro, ocupados com as suas habilidades mal toleradas e carreiras que não saíam do lugar.

O casal viria a tornar-se mutuamente visível pela primeira vez nas barras de um TGN de terceira instância. Lá a Mãe do... "menino" também entrara com uma Medida Cautelar Provisória fadada à derrota, solicitando desligamento da TV do Amour e reivindicando trabalho em papéis mais importantes na direta concorrente, a TV da Força Maior. Tal atitude havia lhe custado a indisposição dos colegas de trabalho Pobres: cuspiam onde sabiam que ela ajoelharia sem pensar; comiam sua parte da Merenda Oficial e deixavam bilhetinhos com as maiores abominações contra os seus personagens. Apesar do rigor mortal com que os Fiscais de Imobilidade do Governo Nacional conferiam as cenas bíblicas paradas, os camaradas eram capazes de hostilizá-la com olhares severos terríveis durante todo o tempo em que soltavam as emissões e sabia-se que o olhar severo terrível representava uma desfeita de primeira grandeza, segundo a terceira regulamentação do Plano Teórico.

Ela acreditava na injustiça de sua reivindicação e, como ex-Super-Rica, sentia-se no direito natural de ocupar cargos nobres ou "de nobres" em qualquer lugar.

Macho e fêmea, homem e mulher; Porteiro do Anexo II da TV da Força Maior e Atriz de Menor Importância da TV do Amour; Pai e Mãe dividiam o mesmo Advogado Honesto Lento, numa figura muito legal chamada de "Consórcio de Interesses". Dessa forma, um profissional formado e concursado se facultava defender mais de muitas causas ao mesmo tempo, podendo, inclusive, defender-se e atacar no mesmo processo parado!

As estirpes de advogados haviam conquistado enorme "influenza" no espectro desse período, pois atuaram no Sistema Legal do Plano Teórico, legislando em causa própria. A hereditariedade no desempenho da função pública é uma de suas iniciativas mais bem-sucedidas, de acordo com as famílias beneficiadas. Sua posição se tornara inquestionável, sólida, escondida, encravada, evidente e praticamente impossível de achar.

Aqueles que viriam a ser os Pais daquele que viemos chamando de... "menino", como representantes da classe dos Imprensados no Meio, eram cheios de idéias sobre o que era liberdade e escravidão, justo e verdadeiro, bonito ou feio e certo ou errado, de forma que não ficava bem que contratassem Advogados Corruptos Ineficientes. Estes só queriam dinheiro e jamais diziam obrigado para nada, nem mesmo quando eram derrotados. Não que a vitória fosse importante. Todos sabiam que iam perder no fim, mas, quando se era representado por Advogados Honestos Lentos, a disputa poderia tornar-se enlouquecedora. Por natureza, tendiam a explicar tintim por tintim, com todos os minimums detalhes, as múltiplas filigranas e meandros das entrelinhas jurisprutendencionais dos sete (número mentiroso escolhido pelo Governo) tomos do Manual de "Influenza" Legal. Tantos tomos tomavam um tempo médio de cinco meses para a apresentação do processo e mais outro tanto só para que algum funcionário tomasse consciência para poder pensar no que tomara pudesse fazer sobre o assunto. Uma vez que todos cobravam por hora gasta, perdida ou desperdiçada, pode-se ter uma idéia do tamanho da mensalidade paga pelos cidadãos queixosos! Seu conluio com os Despachantes só seria questionado com o ato de expulsão desses últimos da cidadela, assinado pelo Congresso sob mira do exército e de alguns juízes ladrões, que começaram a tomar conta do jurisdicionário.

O fato é que se era fato que nada daquilo adiantava, também o era demais que os Pais do... "menino", fortes e teimosos como mulas teutônicas, obcecavam-se duplamente, insistindo nas referidas pendengas com o referido profissional jurisdicional (até porque tinham feito pagamentos adiantados e não dispunham de mais recursos econômicos).

Corriam todos os riscos desnecessários. Já estavam apaixonados e não sabiam...

A cerimônia de acasalamento aconteceu no mês das noivas de plantão. Os Padrinhos, incomodados por terem sido convidados e, assim, constrangidos a dar presentes melhores, mantinham-se quietos num canto escuro, evitando os garçons. Uma Banda Oficial até foi enviada de última hora pelo Monastério da Kultura, mas os instrumentos folclóricos não chegaram, de forma que todos bateram palmas o tempo todo, mais porque não soubessem o que fazer e menos para animar o que quer que fosse. Já estavam desanimados, mas não denotavam as preocupações que iriam marcá-los de tristeza para sempre. Era uma apatia bovina. Ninguém percebia muito bem se era bem ou mal o que se abatia naqueles matadouros. Na realidade, pouquíssima gente foi à festa comer churrasco, contando-se entre os gatos respingados alguns atores hipócritas de cenas bíblicas paradas da TV do Amour e alguns porteiros pacatos de anexos menores que o II da TV da Força Maior (estes últimos, mais porque aspiravam secreta e desejosamente ao cargo público desprezado pelo noivo).

Claro que podia haver bagunça, mas se encontrava sob controle. O casal também era uma fusão confusa de desinteresses, mas funcionavam à sua maneira. Não tinham tempo, não tinham teto, não tinham nada. Nos primeiros meses, abrigaram-se em táxis especiais, que contratavam para rodar por mês e, no dia 29, saltavam sem pagar as referidas corridas. Machucavam-se com isso. Internavam-se esfolados e aterrorizados em Hospitais Públicos, sujeitos aos temperos das rações e estoques de remédios que houvesse (quantas dores de cabeça não foram tratadas a laxante!). Hospedavam-se nos Hotéis sem Sexo do Governo Nacional, reservados para os Imprensados no Meio caírem mortos quando e se fosse necessário. Estavam nas últimas e, nos finais de semana, abrigavam-se em marquises que os Ricos sujavam de tinta fresca, ou petróleo cru apenas para marcá-los no lombo e enervá-los nas idéias. Passavam da precisão para a necessidade e da necessidade para a urgência despencando entre Esmolas do Monastério de Tendência Social e pequenos furtos em joalherias. Naquela época, as joalherias ficavam à beira da falência, perto da calçada, junto da sarjeta, em pequenas barracas de alumínio, de forma que era muito fácil passar despercebido e colher alguma coisa de valor. Os valores, evidentemente, decaíam junto com o casal. Tornavam-se apressados, evasivos, abrasivos e agressivos. Na miséria orçamentária em que viviam, se queriam comer um petisco ou tomar meia batida de coco, por exemplo, tinham que ir às envernizagens dos Pintores Oficiais na sala de recepções da TV da Força Maior, onde seus quadros-negros eram expostos em pleno meio-dia, consumindo toda a luz. Nessas ocasiões de relações formais, forneciam-se algumas substâncias gastronômicas que, se não eram identificáveis, também não eram nutritivas: cacos de banani frita; lascas de Tolvo ao Creme Meuérem;

Petit Chien e outras guloseimas típicas da cesta básica A (Ricos)... Quando os diplomatas do Governo Nacional empunhavam esses canapés apimentados e copos de uísque Douze Anos falsificado oficialmente (a Indústria de Bebidas do Governo Nacional instaurara essa prática, por baixo do pano... isto é, do plano... quer dizer, do Plano Teórico), podia-se pedir até um favor qualquer, embora os Pais jamais tivessem esse desplante no coração amargo. Claro que tinham seus interesses escusos, mas os negavam, mentindo veementemente aos poucos parentes reunidos.

Eram bons. Queriam muito mais, talvez até o ótimo, o excelente ou o impraticável, e justamente por isso não reclamavam.

Nessa época... e há épocas que são épicas e épocas que são poucas, o referido Pai do referido... "menino" ainda gozava na reputação escolar adquirida na prática da Academia. Gozando em reputação semelhante, a Mãe terminou milagrosamente por engravidar, mesmo sem a Autorização de Fecundação dada pelo Governo Nacional, através dos Hospitais Públicos.

Constantemente bêbado de Esculatxa, o Pai não tinha coordenação motora para sustentar o próprio peso do corpo flácido, quanto mais as despesas pesadas de uma casa com a criança e vizinhos que se avizinhavam. Resultado: a mulher vivia chorando (de um modo diferente daquele da cena bíblica parada "A Manjedoura", agora extinta); estava mais magra e elegante que o normal para sua altura, porém a muita fome era tão dolorosa quanto os hematomas que lhe cobriam o fundo dos olhos e o pescoço (aos curiosos, dizia que tinha caído da escada sem querer). Era obrigada a fazer suas preces e blasfemar em surdina (do contrário, apanharia ainda mais do marido)...

Poderia ser pior?

Claro que sim, pois se foi justamente por essa época que o Pai encontraria o cativeiro, ao desfiar sua lista de poucas e boas no ventilador da festa de envernizagem dos Pintores Oficiais, diante de nada mais nada menos que o Diretor de Reprodução da TV da Força Maior, José Carlos Mixto. Por força da atitude considerada hostil por todos os interessados na mesma vaga pública que se abriria com sua partida, o Pai do... "menino" jamais teria acesso às "bocas libres" do Estado de cousas! Quanto à prisão, considerada justa por seu próprio advogado lento, nada foi feito, exceto garantir ao detento o privilégio da solidão e do silêncio. O homem havia excedido sua condição de porteiro e se extrapolado até determinado ponto no pescoço de um homem ilustre. O Governo Nacional temia esses rompantes populares mais do que o próprio Congresso, que dominava muito bem.

Seu gesto merecia punição exemplar e assim foi feito.

Por sentir-se imediatamente acolhido na quietude da masmorra (sinal de caráter que certamente já inoculara no próprio... "menino" em formação) e numa vocação inequívoca para aumentar os próprios dramas, ele teria escrito nas paredes de sua cela a célebre frase de Raymond Aubrac, tenentista existencial dos anos 35: *La Résistance, même au fond des prisons, est alors le nouveau nom de la liberté* (conforme tradução do Monastério das Relações Exteriores).

Lembrem-se: "Líyberdadch", do falecido dialeto Guarany-Purunír, também pode significar "responsapillidadch", ou mesmo algo pior mesmo! O mesmo Pai do... "menino", que recebera voz de prisão e que ficaria quieto com seu advogado por, no minimum, cinco anos, mal teve tempo de passar num cartório e deixar a esposa aos cuidados da *Deus Dará*, uma ONG (Organismo no Governo) multinacional e paramilitar que, à época da *Epidemia de Kulpa,* passara a cuidar dos interesses decaídos, fornecendo o repasse das pensões/esmolas Públicas. Escorada na situação, a Mãe do... "menino" passaria a nutrir a si mesma, que ninguém é de ferro, ao bebê, diante do qual não tinha alternativa (o aborto involuntário era proibido em casos de estupro, como o dela) e o seu próprio ódio furibundo; manipulando-se no ventre contra o marido!

Hoje sabemos muito bem que todas as emanações maternas morbosas passam instantaneamente para o feto, via cânula do umbigo. Na época, porém, quando as antígüas Hierarquias ameaçavam com suas crendices e tradições obstetrícias, achava-se que uma mãe não tinha nada a ver com seu filho, mesmo se encontrando em algum lugar e de algum modo grávida com ele! Muitas mães abusavam dessa condição inocente. Primeiro, paravam de trabalhar duro, o que incomodava os Ricos em suas iniciativas nas privadas (não tinham mais as mucamas que lhes limpassem as custas). Depois, não faziam exercícios de matemática muito bem, erravam nas contas públicas em favor dos outros, largavam-se como queriam nos bancos reservados para ingestantes, furavam filas de banco e caixas de supermercado, muitas vezes levando bolões, bolos e bolinhos de saquinhos plásticos para reciclagem; só de sacanagem. Ou pirraça.

A Mãe do... "menino" permanecia quieta de míyedo de apanhar na cara e também de fome, que quando se está com fome a moleza é ainda maior e mais sofrida do que a moleza de quem digere (isso está no Plano Teórico do Governo, mas os Ricos e o Congresso ainda não se entenderam nas regulamentações). Se o marido a ajudara com a ONG, garantindo-lhe uma mínima esmola de sobrevivência, o mesmo não aconteceria com as suas prenhas e prendas domésticas. Naquela época se podia esperar até dois anos por uma babá pública que, quando chegava, normalmente já era de pouca serventia. Nesse contexto desumanitário, os Pais eram necessários para muitas tarefas no lar, economizando metade dos cargos do Governo Nacional e esvaziando os bares. Não que o Governo gostasse disso, pois a bebida pagava um imposto e uma taxa elevadíssimos, mas todos tinham os seus apoios no Congresso, por pior que fossem as bases pelas quais todos supunham ser apoiados. Era melhor manter os Pais em casa, onde, além de limpar seus filhos, podiam pagar algumas doses de impostos, usar o sistema telefônico ou contrair um seguro. Na cadeia, tinham que ser servidos de tudo, causando despesas e desordem nos balanços externos. O Pai do... "menino", inocente inútil, preferira partir para a ignorância do claustro, mamando nos seios esplêndidos do Governo Nacional.

Quanto à sorte, destino ou azar da Mãe, as Diretrizes Aperfeiçoadas para as Atrizes distorciam as cenas bíblicas paradas primitivas, atualizando-as de acordo com os avanços sociais estipulados pelo Plano Teórico, incorporando a elas os carros blindados, fachadas de casas com cercas elétricas, seguranças de terno preto escuro e armas de fogo. Na verdade, estavam exigindo das Atrizes de Menor Importância uma falta de destaque para o qual não estavam preparadas! Esses equipamentos e utensílios trazidos à cena desconcentravam-nas impreterivelmente, pois não tinham nada daquelas belezas de consumo em suas casas (quando tinham casas!). Lembrem-se que a maioria da minoria era miserável e a Mãe do... "menino" tinha esse hábito de não fugir à regra.

Por fim, sua barriga era tão monumental que mal conseguia parar-se em pé, desequilibrando na base o conceito extático da programação de todo o "Sistema". O Governo, já desconfiado da vertiginosa decadência anunciada, começou a ficar atento. Ninguém queria acreditar naquela

Atriz de Menor Importância interpretando uma Virgem Santíssima, quando mais uma virgem santíssima que já havia tido um filho, pois a cena em questão era nada mais nada menos que a clássica "A Manjedoura". Aquela atuação inspirava dúvida e o Governo Nacional não admitia dúvida do que quer que seja. "Dúvida" era considerada atividade pedagógica de risco, banida das emissões eletrônicas. O Governo, portanto, ficou ainda mais atento.

Não é impossível, numa época de *"parto daqui, vou para lá, parto para cá",* como diziam, que alguém a tenha reconhecido lançada a uma maca fútrida no corredor/enfermaria do Hospital, determinando para uma simples cirurgia oclusa de parto de emergência, o tal procedimento dantesco. Como já é sabido historicamente, havia no ar um enorme instinto de vingança proporcionado pelas reivindicações trabalhistas do período. Não faltavam antígüos fãs disponíveis para cuspir-lhe na cara enojada, nem atheus comunionistas torturados pela falta de opções de *Canal Cable* no Sistema de Comunicações.

Apesar de tudo isso, o... "menino", trêmulo e martirizado no meio do ventre, foi levado ao berçário, onde, pesado e medido, ousou assegurar-se o índice básico de permanência neste mundo exigido pelo Monastério incompetente. Na época, esses índices eram mais baixos, algo como 1,58 metro, de forma que em pouco tempo a Mãe, 1,73 metro, e seu filho, 36 centímetros, estavam recebendo alta. Para receber alta, a altura da mãe e do filho eram somadas e subtraídas até dar a média ponderada. Péssima por sinal, pois ela teve apenas umas poucas horas para se acostumar com a barriga remendada!

Como era insosso e como era de se esperar de uma Mãe de primeira viagem nessas circunstâncias tempestuosas, a primeira atitude que tomou foi levar o filho à cadeia, de modo a mostrar ao próprio Pai aquilo em que tinham se metido. Naquelas circunstâncias (e lembramos que havia sido ordenado ao marido que calasse a boca para sempre ou, pelo menos, enquanto durasse a pena), ele ficou quieto e não quis receber o sangue de seu sangue. Alegou um motivo de doença ("pavor anêmico de sangue do seu sangue") e que teria outras coisas mais importantes para fazer em silêncio (disse isso de forma monástica e entojada, através de um mísero bilhete de recado), preferindo o Advogado Honesto Lento que até há pouco trabalhara para a própria esposa grávida, em consonância jurisdicional com todos os mecanismos muito legais.

No âmbito do Supermonastério da Ração Social, a "*Deus Dará*" até que era uma ONG bem-intencionada como a maioria, mas ainda tinha muito o que aprender sobre os meandros da administração pública. Não bastava, por exemplo, ensinar a pescar o peixe frito aos desempregados esfomeados, seria necessário dá-lo de mão beijada e mal cheirosa, pois o preparo destes pratos sempre tem lá os seus maus perfumes. As pessoas atendidas pela entidade sem fim não queriam apenas comida. Queriam roupas melhores, sapatos, cinema, tiroteios e pipocos! Em suma: aquela mãe tinha que se virar de alguma maneira, ainda que não tivesse a menor idéia de como sair da lama parida em que se encontrava...

Como toda prole, aquela criança era realmente um problema definitivo sério para a Mãe (desemprego, despesas, solidão no casamento) e para ela mesma (míyedo de escuro, dores de ouvido, dentes, cólicas, sarampo e sapinho).

Foi nesse momento dessa época que ela teve um minimum relâmpago de claridade na mente atazanada pela angústia da moléstia hereditária!

Não é à toa que se diz, entre tanta bobagem, que "*a carência é que faz a diferencia*", ainda que cause demência (como era o caso). É fato que o fundo do poço promove a humilhação necessária para a tomada de decisões novas, transformadoras e inadequadas, em consonância com as más condições oferecidas pelo realismo. Desta arte, operando com a obra de uma criança pendurada em seu lombo, aceitou tornar-se PE, Prostituta Espiritualista.

Trabalhava de madrugada nas boates do centro da cidadela. Cobrava um coníyaque, um suco de laranja natural e dois sanduíches de ricota sem tempero e sem miolo para relatar os casos escabrosos de sua vida (conste, para defesa da Mãe, que um dos lanches ela guardava para o... "menino"). A plebéia ouvia ardorosa, erudita e euroticamente o relato de seus desencontros com namorados, amigos, bichos de estimação, negócios fracassados, reuniões de tupperware, parentes, advogados e com as forças do além. Usava várias técnicas teatrais, como gritos guturais, contorções chilezas, salamaleques palineses, realismo rústico e pesquisas de campo importadas dos Estados Suínos. Como epílogo de esperança e sem os efeitos especiais dos canhões de luzes perdidos para sempre nos estúdios, exibia a barriga deformada do filho à luz de velas, criando uma atmosfera pouco vista na cena local, levando a audiência ao êxtase anímico (tolerado até certo ponto pelo Governo Nacional, mas só nas boates de minorias do centro da cidadela).

À pensão/esmola da ONG, sua atividade como prostituta fizera com que aquela... Mãe do... "menino" passasse para uma outra faixa contínua da mais temível de todas as taxas e demais impostos: o IR, Imbosto de Renda (segundo o Dicionário da Escrita Oficial, "imbosto" não significa "imposto", mas alguma bosta semelhante).

Atriz escolada na calada dessas noites, essa... "mãe" escondia-se no simulacro dos banheiros para preparar ou desfazer o efeito de uma gravidez simulada, de modo que o... "menino" nunca sabia quando ela apareceria mais inchada do que antes. Ele tinha pesadelos onde esfaqueava o corpo inerte da progenitora, arrancando-lhe das costelas um urso de pelúcia que lhe mostrava a língua. Os livros sagrados primitivos soterrados já continham cenas de irmãos matando irmãos, mas esses temas só seriam incorporados ao senso comum graças à Psicanagem, tirada de uma manga comprida e cheia de fiapos no Monastério da Saúde após a Guerra Civil da Civilização Brasileira. Se a gestação interminável teatralizada pela Mãe lhe trazia benefícios (ganhava salário família pelo... "menino" e bolsa gravidez por causa dos travesseiros enfiados sob o vestido longo), o mesmo não se dava com a criança. Se nascera, que espécie de porcaria seu ventre materno ainda continha?

Era uma fria!

O... "menino" sabia e sentia nos fundos da sua alma! Até do corpo! Vibrava, prejudicava a própria dentição (seus dentes tremiam, batiam e voavam a cada espirro), gastando o que não tinha em próteses ortotônticas coloridas! Doía a cabeça, o nariz, a garganta e o olvido. Ficava desprotegido emocional e economicamente. Com isso aprendeu a andar em poucas semanas, pois se não se mexesse um minimum por qualquer coisa, morreria de fome.

Andou muito e o que viu jamais esqueceu. Tinha boa memória (*como também se verá adiante, já que este romance-reportagem tem o compromisso de mostrar tudo*). Andou por um prato de comida, para aprender a andar, para xeretear em gavetas com cartas reveladoras e desmontar brinquedos usados recebidos de crianças Ricas no pacote de natal das pensões/esmola da ONG.

Ganhou as ruas para se perceber duplamente perseguido. De um lado, o SCI do Governo Nacional espalhara na vizinhança (dormiam emprestáveis na garagem da ONG "*Deus Dará*") que seu Pai estava de boca calada na *Solitária Solium* da Cadeia Nacional. Os filhos de presos bem-comportados angariavam o desprezo dos demais covardes, pois secretamente invejavam aquela condição. Por outro lado, as famas antígüas e atuais de sua Mãe se entrelaçavam no imaginário popular, provocando a ironia dos amiguinhos e amiguinhas de traquinagens.

Inflamadas pelos fuxicos de alguns telespectadores entusiastas, gangues de pirralhos cathóliytos o chamavam de Filho da Santa, querendo transformá-lo em messias; já aqueles de origem mais abusiva, taciturna e/ou em contato com homens desse tipo no centro da cidadela, o chamavam de Filho da Outra, pedindo dicas de felicidade para a vida amourosa...

Ele não tinha nada a dizer!

Hoje sabe-se muito bem, através da Psicanagem, que quando uma pessoa fala, contenta-se com isso e deixa de fazer o que é preciso para mudar o que quer que seja, mas, na época, ainda não se conhecia o poder paralisante dos argumentos. O... "menino" imaginou, com uma gota de razão, que se desenvolvesse a habilidade de falar só se meteria em confusão, pois aquele que faz as perguntas acaba recebendo respostas incompletas, o que demanda em mais perguntas, mais questionamentos, desafios, mal-estar e violência doméstica, causando atrasos discutíveis nas refeições e dores inomináveis aos seus e a si próprio.

Quanto ao Pai, a influência era uma só e na mesma direção: "*em boca calada não entra mosca-varejeira procurando lixo*".

O fato de usar uma ridícula japona dupla-face também não ajudava. O... "menino" era tido como "tímido e tísico" quando lançava mão do seu lado escuro, caindo em depressão, e como "venenoso" quando usava para fora o lado vermelho. Não gostava do lado de fora, fosse qual maldito lado fosse, pois lembrava-lhe o umbigo saltado na forma de rabo de porco. Olhava para a macia barriga de espuma da Mãe e, em ódio assassino do irmão inexistente, invejava-lhe a condição (IC, *Inveja da Condição*, ainda não era considerada "doença", como "Infância", nessa época).

As mais idiotas das brincadeiras de rua o aterrorizavam. Pega-pega, por exemplo, era impossível, pois, quando as outras crianças (em geral adotadas pela ONG *Deus Dará*) tocavam nele, imediatamente um vergão surgia, como se a doce mão alheia fosse uma urtiga ardida em sua pele arrepiada. Ele tinha uma noção muito restrita de espaço. Quando brincavam de roda, por exemplo, queria andar em retângulos ou triângulos, pois cômodos estreitos, bicudos e mofados era tudo o que ele conhecia em termos de habitação (incluindo-se aí, sem nenhum preconceito, o próprio útero materno).

Gostava de ficar embaixo da cama, embaixo da mesa, embaixo do armário da cozinha, dentro de galerias pluviais, bueiros, bocas-de-lobo, imprensado entre as cargas e a parede dos armazéns que as acolhiam, em porta-malas e quartos de empregados, metia-se em tudo que fosse espremido e apertado, tentando fazer daquele mundo daquela época um invólucro externo de que não dispunha naturalmente.

O... "menino" era mais imaturo que prematuro, de forma que, com esse comportamento esquivo, a Mãe esquecia-se de mandá-lo tomar banho, poupando-lhe o incômodo físico.

A ojeriza à aproximação de tudo em geral, especialmente dos seres humanos, estava se configurando num modo de vida, numa espécie de linguagem de gestos estranhos que ele executava repetidamente até que um ou outro entendesse (**sua atenção por favor:** *somente duas pessoas entenderam essa prática patética, mas a jovem Milâine e o Íyaponais Nikata serão apresentados posteriormente,* **obrigado**). Por essa época, basta dizer que o... "menino" incompreendido sentia os suores lavando a palma de sua mão. Uma coceira bem naquele lugar onde não temos mão para coçar. Como, por exemplo, pedir que alguém nos faça uma coisa como essa, sem palavras, quando não se tem "intimíydadch" ("*veneno aplicado pelas costas*" em Guarany-Purunîi)? Ficava horas esfregando uma lixa d'água naquelas partes do corpo, tentando refrescar-se da sensação calorosa. Era como se o próprio ar em movimento riscasse sua carne com a ponta de um prego enferrujado.

A falta de apoio paterno, com Mãe pervertida mentalmente, brincando de carrinhos sem roda e bonecas sem cabeça numa garagem emprestada por uma ONG, comendo tatuizinho e mandarnucús nos monturos dos terrenos baldios para aumentar o próprio sustento sobre as pernas, lutando contra inimiguinhos escarnecedores, dor no corpo, assédio sexual e seitas cathóliycas não ajudavam o menino a compreender aquela mistificação civil chamada "sociedade" ("*sociedadch*", no Guarany-Purunii castiço, equivalia a "mal-estar").

A decadência da fé tinha se dado pela formação de quadrilhas em vários níveis de interesse estratégico, como o exército, o Congresso ou a religião. Muitos pastores protegidos e ovelhas dissonantes sopraram as trombetas, de forma que o *jazz* estava feito e alguém ia ter que ouvir.

Àquela altura, o Governo Nacional tinha não apenas a melhor versão de si próprio nos livrinhos de História como todo o apoio externo de onde quer que fosse para fazer qualquer coisa que ao público interno parecesse injusta, antidemocrática, hipócrita ou apenas nojenta.

Nesse ambiente onde tudo pode frutificar ou perecer em questão de minutos, surgiu o Sistema Educacional do Governo Nacional. O "Sistema", como ficou conhecido, garantia um minimum necessário para a manutenção da vida, além dos vales-transporte, miséria e alimentação. Tratava-se de entreter a agressividade juvenil, afastando das famílias as suas proles, de forma a protegê-las das tendências genéticas autodestrutivas de seus Pais. Adicionalmente, propunha-se a dar uma certa têmpera à arraia miúda da população infantil como um todo, através de concursos e gincanas, cujos prêmios seriam discutidos no tribunal (TGV de Segunda Instância).

Pouco poderia ser feito e apenas esse minimum foi providenciado.

O Governo fornecia uma... *víyerba extra* ("merreca da marreca" em Guarany-Purunii), menos que uma esmola, uma vez que os mendigos em torno dos templos de ensino asseguravam ganhar muito mais das crianças Pobres na hora do recreio. Como se sabe muito bem e o Governo Nacional fazia questão de esclarecer, soltando *slogans* semanais quando àquilo, que reclamar ou se agitar não convinha aos planos de carreira à disposição. "Aquilo" era "isso mesmo", sem tirar nem pôr a mão armada (Ref.: SCI).

A medida também teve forte impacto financeiro no mercado de "qualquer emprego", configurando o que Extatísticos Ladinos Oficiais chamaram de "*Milagre Milacurorum do Phlenu Tripálíyum*". Etmologiocamente falando, um momento de pajelança desbragada e muita propaganda fascista italiana, quando o Governo desleixava dos Balanços Externos, jogando aviões de dinheiro alheio pra queimar nas torres gemelas da fortuna internacional. Professores, Peidiotras, Psicanagistas, Giortaliças, Paratléticos, Jardilheiros e Agentes do SCI davam-se ao luxo de dispensar horas extras e "qualquer (outro) emprego" de segurança lambe-botas nas boates do centro da cidadela. Os Homens Taciturnos passaram a ser roubados aos olhos vistos dos Agentes; porém, como é sabido, não tinham ânimo para reclamar.

Claro que nada disso significou melhoras para a Mãe do... "menino", em adiantado Estado de demência falimentar. Santa ou Filha da Santa nas cenas bíblicas paradas, a mulher conhecia os efeitos especiais da TV do Amour e não acreditava em milagres de qualquer tipo, quanto mais os economíycos (muitos deles assinalados no Plano Teórico).

Quanto ao Pai do... "menino"... bem... como estava calado, fim de papo.

Nenhuma prosperidade repercutindo em torno dos parentes e inimigos e o azar acabou mesmo por espirrar na próxima geração, justamente no... "menino" que pouco tomava banho (sua Mãe não lembrava nem sentia cheiro/*Ref.: Mal de Uzai-me*). Agora ele tinha um novo alento na formação do "Sistema", propagandeado em cartazes molambentos nos becos da cidadela insegura. Numa noite de Lua morna, ele saiu sorrateiro da garagem emprestada onde sua Mãe dormia solertemente em pesadelos, farejou pelo pátio com o narizinho junto ao chão (não falava nada, nem respirava, mas não estava morto, só infeliz), encontrou um buraco de bicho livre na cerca eletrificada da ONG *Deus Dará* onde estava isolado e fugiu sem ser visto pelos alarmes ou ouvido pelas câmeras do circuito interno de vigilância dobrada.

Foi bater às portas do Monastério da Educação onde, sem lenço, documento, um tostão no bolso e nem mesmo sabendo ler e escrever, preencheu corretamente todas as fichas e formulários à venda na papelaria da esquina. Inscreveu-se várias vezes em diversos níveis, só para se garantir em alguma coisa. Pleiteou um "microssoldo" Público (nome oficial da "víyerba extra") para os acréscimos à merenda gratuita ("saco vazio não aprende em pé") e um sofá para dormir nas recém-criadas USÉIBIS. O desejo de proteção daquele... "menino", que atirava para todos os lados sem alvejar um críystão arrependido, parecia ter, finalmente, atingido o paraíso.

As Unidades Sintéticas de Educação de Base do Sistema Educacional do Governo Nacional, USÉIBIS, foram rapidamente construídas aos borbotões sobre os escombros das antígüas tradições kulturais e politípicas. Aos Ricos, depois Governo Nacional, incomodava o receio dos Pobres não terem no que acreditar. Os Padres Carismáticos já tinham gastado todos os seus recursos em missas patetas patéticas, sem obter nada de nenhum fiel. Mais: os descrentes fugiam em bloco das igrejas desguarnecidas. Houve um momento, tido como a gota d'água, em que Padres Pobres foram vistos pedindo dízimos em causa própria, quando não em "calça própria", abandonando definitivamente as suntuosas, suadas e surradas batinas!

O "Sistema", em função dessas urgências étnicas, tinha, de acordo com o Plano Teórico, poucos dias para formar professores e funcionários, criando planos de carreira imprecisos, misturando sabedoria e burocracia, competência e preguiça, dedicação e desprezo. Ao caos chamavam diversidade, à diversidade chamaram caos. Além do mais, os cinemas e teatros vinham sendo abandonados pelos atores, que agora diziam ter "uma missão" nas ruas (acabaram na rua da amargura, "demissionários"). A cidadela sofria com a deterioração de suas bordas. Pouco a pouco, as periferias iam desistindo, os que tinham "qualquer emprego" paravam de trabalhar; os que nem isso tinham, não contavam. Paravam de usar insumos de higiene, não se banhavam nem se barbeavam, desistiam de urinar e de defecar. Não se viravam por nada. Não se moviam nem se erguiam. Não consumiam o que quer que fosse. Não pagavam inúmeras taxas e demais impostos.

Os sete ventos mentirosos e dispendiosos da mudança sopravam na direção de dar uma qualquer ocupação a todos, artistas e técnicos, mas também à audiência, que preferia posar de palhaça a atuar de alguma maneira esquisita que pudesse lhes prejudicar, incomodar ou simplesmente dar TB, Torcicolo Brexitiano (doença de múltiplo esforço do cacoete repetitivo que durante bom tempo acometeu os atores revolucionários da TV da Força Maior).

Era tudo por um nada, ou menos, que fosse.

Os que queriam trabalhar de "qualquer jeito" em "qualquer emprego", por exemplo, aceitaram de bom grado as melhores humilhações, pagando até 50 Nicolíys e 22 centavos de inscrição na ficha do CCDA, Cadastro Central do Desemprego e Aflição, proposto pelos Despachantes antes de serem definitivamente excluídos do "Sistema".

Claro que havia conflitos de interesses entre o povo burro e o Governo ignorante. Muitos queriam brigar pelos seus direitos, mas os TGNs de todas as instâncias ficavam sempre do outro lado, dos tortos, com os bolsos cheios de vinténs corruptos dos advogados e juízes (ladrões). Todos preferiam pagar direto por fora e assim, na aparência, nada mudava muito.

"*Onde nada muda por fora, por dentro é mais difícil*", já dizia o *slogan* da Associação dos Psicanagistas. Temia-se o destino daquela comunidade, onde o comum era que o que estivesse ruim podia degenerar ao péssimo num piscar de olhos de vidro. Para evitar o desperdício desses talentos, o "Sistema", segundo o Plano Teórico, vinha mesmo para dar lucro, distribuindo dividendos para o Governo e cacetadas para os alunos dos templos. O problema é que, se o "Sistema" queria dar lucro, o Congresso daria o prejuízo e a população precisaria dar o que tivesse. Era pouco, mas o pouco dado com desgosto pode causar enorme disfunção...

Ao contrário do Plano Teórico, o "Sistema" tinha seu próprio PPPE, Projeto Piloto de Propaganda Educacional, texto apócrifo forjado nas manifestações espirituais da década de 68, tido como o mais singelo e desleixado (ou "relaxado", como afirmavam os amigos) documento de todos os tempos. Não tinham muito senso de proporção naquela época revolucionária, de forma que tais documentos e filmes polítipicos, adicionalmente, haviam ficado enormes, chatos e ridículos com o passar do tempo.

O... "menino", embora mudo como a porta do inferno, tinha lá as suas experiências de aprendizado. Sua Mãe fizera questão de educá-lo pelo método Brailley, tateando-o no escuro e repreendendo-o com olhares severos terríveis, sem dizer uma palavra que prestasse. Ele tinha desenvolvido muita insegurança, pois, com as luzes apagadas, como brincavam, ele nunca sabia quando era hora de pegar e quando era hora de soltar, quando era hora de começar ou quando já havia começado, estando mesmo por terminar.

Ela também o espancava com o cinto de couro cru da Bavíyera, exigindo que à sua pergunta insistente, "o que é o mais importante?", "o que é o mais importante?", "o que é o mais importante?", ele respondesse três vezes: "A vida, a vida, a vida, mamãe!". Só que ele não falava e talvez não achasse a vida algo que fosse assim tão mais importante que outras coisas morais e fenômenos cósmicos que assolavam a espécie. O Governo, atento a esses fatos, ordenara que a primeira aula de uma UZI (apelido dado às USÉIBIS pelo "Sistema") apresentasse as possibilidades em um milhão de o País Nacional ser atingido por um meteoro bem governado contra os seus interesses, destruindo toda a Civilização Brasileira e sua historinha! Os desentendimentos eram tão naturais, que a iniciativa da privada do Governo era deixar exposto aquele negócio grande e malcheiroso à vista de todos.

Dizem que os seres vivos, ao contrário dos minerais desanimados, nascem duas vezes: uma ao amanhecer de sua meninice, arrancados dos ovários das Mamães, e outra quando é o ocaso, na separação moral e cívica, mais adiante. A segunda é de longe a mais difícil e dolorosa para a prole e para os prolixos.

O... "menino" sabia que entrava numa fria, mas a frieza geral nunca lhe pareceu estranha, dado que a sua eclipsava os espaços siderados de todas as outras. Sofria de desproteção, tinha deformações físicas que o isolavam, vestia-se muito, e mal. O que é que um ser desesperado e reduzido a nada como esse tinha a perder?

Nada, obviamente nada!

E está provado: "*quem nada espera, qualquer coisa alcança*", conforme narra o famoso verso de Giorgíyo Lucazzo, reconhecido poetadiplomatafuncionário das OFE, Olas Franquistas Espaníyolas, naquele samba memorável, agora esquecido (*em tempo: os editores deste romance-reportagem não conseguiram obter a menor referência musical dessa menção ruidosa, ruinosa e incompreensível*).

Nada por nada, o.... "menino" foi estudar, já que não tinha nada melhor para fazer, como só alguns entre os quaisquer outros... As crianças até que entravam bem cedo nos templos educacionais do "Sistema", assegurando a descarga horária de educação necessária, de acordo com o Plano Teórico (meia hora, quarenta minutos). Como os professores só chegavam lá pelas dez, dez e meia passada, as crianças ficavam entregues ao pátio, onde Agentes do SCI faziam a triagem de quem ia progredir de algum modo e quem ia pedir água de uma vez.

Todos pulavam sedentos em desespero quando os referidos Agentes estalavam os dedos, assobiavam ou aspergiam um líquido bento pelo exército da época. O pátio se encontrava lotado de crianças Pobres ou Imprensadas no Meio que se observavam em desalinho; desarvoradas, espavoridas! Antes desses primevos recreios, havia muita "*promíyscuidadch*" de classes sociais, abolida em seguida pelo "Sistema"! As crianças Pobres, muito fracas, terminaram por parar de abanarem os rabos e sentaram, ficando por ali mesmo, sendo consideradas desistentes e perdendo a vaga. Os Imprensados no Meio, por preferirem correr a deitar, foram às salas de aula e se asseguraram em suas cadeiras, permanecendo ali o tempo que fosse, conquistando as vagas "*pro méritum*". Isso se reproduzia pelos alto-falantes de todos o Templos de Ensino. A grande maioria desistia em poucas horas, abrindo novas vagas e expectativas (havia um projeto transmudando no Congresso, propondo a criação do Supermonastério das Expectativas!).

O "Sistema" se renovava se alimentando desses expedientes sociais obtusos, causando ciúme em outras esferas da cúpula bizantina do Governo Nacional, antigüada e precisando de restauro urgente. O Supermonastério da Ração Social, por exemplo, rapidamente entraria com um projeto de retratação pelos fundos do Congresso, flagrando certos Depurados e Seladores magoados pelas costas! Como os juízes ladrões e ambas as estirpes de advogados se sentiram ilesados desse processo, também botaram a boca no mundo, sendo silenciados por uma pequena mobilização nos quartinhos dos quartéis.

Acontece que tudo isso demorava tanto para mudar que desmoralizava a própria idéia de mudança, alterando-a para "paciência", "esperança", "pelamourdedeus" ou "dane-se", simplesmente.

O... "menino" cumpriu todas as exigências de chegar na hora, por mais inúteis e humilhantes que fossem, e assim obteve os créditos e *víyerbas* para superar a fase de alfabetização em poucas semanas de feriados. "*O nada fazia muito sentido*", mas esse era o próprio *slogan* do "Sistema", de forma que tudo funcionava com a sua lógica peculiar. Após o toque de entrada, quando os Pobres ficaram no pátio e os Imprensados no Meio foram para as cadeiras das salas dos Templos para estudar, todos se sentiram mais à vontade separados que unidos.

Assim era e assim foi...

Bem... foi mais ou menos...

Em pouco tempo, os Pobres seriam retirados dali por ação de ordem jurisdicional, gerada no processo dos juízes ladrões de terceira instância e categoria. Não se podia admitir que tanta criança grande e Pobre daquela maneira ficasse parada naquele lugar, acossando e constrangendo outros que obtiveram o prazer ou o azar de uma merenda. Os que teriam merenda, "se o Supremo quisesse" (Supermonastério da Ração Social), não estudavam muito, pois ou faltavam professores ou as outras crianças Pobres aleijadas dos processos os ameaçavam com revólveres e eles nunca mais voltavam.

As merendas eram servidas de acordo com a antiga classe social dos pais dos alunos. Por força da inércia, um antigo erro de digitação dos antepassados dos atuais digitadores prevaleceu na antiga ficha de inscrição do... "menino": a "ex-ex-classe" da Mãe (Super-Rica) e não a "ex"-condição social do Pai (Soldado Pobre sem Educação), como mandava o Plano Teórico. Não é por acaso que acaso também é sinônimo de destino... ou sorte... ou azar (Dicionário da Escrita Oficial)... O fato é que aquele problema burocrático insolúvel transmudaria para sempre a trajetória gastronômica do nosso personagem (*os editores esclarecem que os romances-reportagem também se utilizam de "personagens", com a devida autorização do Governo Nacional daquela época*). Aquele garoto poderia dispor de mais proteínas, pois, na referida "lógica peculiar" do "Sistema", quem muito tinha muito mais tinha que ter, enquanto àqueles que não se haviam com nada, demandava-se ficar onde estavam, de braços para o alto, sem força física para erguê-los. Uma humilhação cansativa como um alistamento ou fila dos Correios ou do Cemitério!

Comer o... "menino" até que comeu, pois aos Ricos, mesmo decaídos, o "Sistema" oferecia a "hereditariedach" e melhores rações. À noite, após as aulas de educação sexual do noturno para analfabetos, o aluno especial podia deitar em qualquer sofá que encontrasse, desde que primeiro limpasse toda a meleca que houvesse sobre ele e levantasse antes das seis da manhã, quando passava a primeira faxina. Naquela época, havia 12 faxinas diárias nos Templos Educacionais, uma por hora entre as seis da manhã e as seis da noite. O Monastério do Trapalho transformara a "faxina" do "Sistema" num cabide de cargos públicos, distribuindo ríyenda e salário para quem fosse capaz de se entregar ao asseio e organização de alguma coisa.

Não seria ali que o... "menino", desacostumado desde a mais tenra "infância", iria tomar banho. Até porque os chuveiros que não tinham sido vandalizados pelos Agentes do SCI careciam de estímulo e manutenção, emitindo um óleo salogro, impróprio para o consumo infantil. Pelo mesmo lado, os encanadores sempre diziam que sabiam do problema e de como resolvê-lo, fornecendo orçamentos cheios de compromissos inatingíveis e letras pequeninas nos contratos ilegíveis; então, ou evadiam-se antes do conserto ou quebravam as paredes, rebaixando o piso até o escândalo das manilhas e das caixas de gordura, causando enorme desconcerto nos lares destruídos. Por força do caos que produziam no solo e subsolo alheios, conseguiam obter metade dos recursos do orçamento, diziam que iam comprar cigarro e, aí sim, evadiam-se na poeira e na lama que haviam levantado com tais escavações.

O sentimento de desproteção e espanto do... "menino" (que ainda ia sofrer acréscimos e reveses) era tanto, que algumas línguas mal-entendidas costumavam dizer a meia-boca pequenina engrolada de terra e sangue venoso que o menino fumava "Titíyca". "Titíyca" era uma desconhecida híyerba Guarany-Purunîi para dar sono. Pura maledicência mesmo, pois os olhos inchados do aluno se deviam única e exclusivamente ao fato de estar deitando tarde, limpando dúzias de sofás cobertos da meleca pegajosa e cheirabunda do curso sexual noturno para, logo em seguida, acordar cedo, liberando a área para as funcionárias públicas da primeira faxina.

Depois que tudo era limpo, o... "menino" esperava o café da manhã, que poderia conter inúmeras surpresas. A espera consistia em ficar em pé, pois os sofás estavam limpos para o curso noturno. Não importa que terminasse de amanhecer e o curso fosse noturno. Certas coisas sacanas precisam ser preparadas com grande antecipação e *víyerbas* de representação. O Governo Nacional sabia disso e incentivava cada vez mais as faxineiras públicas a repetirem a mesma tarefa, por mais antecipatória e inútil que fosse, uma vez que as janelas ficavam abertas para a rua da amargura e o pó do desencanto era profundamente insiderante.

Depois de manter-se horas em posição de sentido (influência genética do Pai), o... "menino" era chamado à copa, onde, num cantinho perto do fogão a gás que vazava, podia pegar o que quisesse na despensa. Ficava até tonto de felicidade! Escolhia sempre um lanchiníyo quente, um copo de cafélaite e uma fruta frongoza. Enquanto mordiscava seu mixto-quente, ou churraxquinho de gato vinagrete com dose dupla de queijo amareloso, podia observar através das janelas imaculadas os Pobres na calçada, tremendo de frio como ele, porém mais vulneráveis do que nunca, uma vez que vestiam apenas uma cuequinha *Apolo* (parte integrante do kit pensão/esmola de muitas ONGs do Governo/*Ref.: Supermonastério da Ração Social*). Havia troca de olhares. Os pobres o apontavam, mas o... "menino", atingido por aqueles indicadores, recuava até às sombras. Ao relento das manhãs geladas, eles bebericavam suas mamadeiras de chá de híyerbabraba e mordiscavam suas bisnagas de serragem, implorando por vagas.

Acontece que o "Sistema" estava fechado para essas pessoas e quem mais houvesse de querer, não fosse Rico, juiz-ladrão ou pão-duro o suficiente para juntar o dinheiro das demais taxas e impostos de inscrição. O "Sistema" era Público, isto é fato, como é fato que podia não ser doce, mas a inscrição era sem dúvida salgada, atingindo cifras de recursos economíycos da ordem de 12.900 Nicolíys anuais!

"*A quem está em fila se controla na ponta da bota bicuda*" era um *slogan* militar e esportivo da época, mas o exército não cuidava assim daquelas pessoas, como mandava o Plano Teórico depois chancelado pelo Congresso, que fechara negócio para levar o seu ao desenrolar da votação intensa. Faltava dinheiro para tudo, e mesmo para espancar um Pobre na fila, por exemplo, seriam necessários diversos insumos, como cassetetes, apitos, bombas cor de chocolate, uniformes e gente da mesma classe disposta a tanto. Não era difícil arranjar esse tipo de "qualquer emprego", pois a PIFO, Polícia Fotográfica, tivera sua imagem desgastada por anos e anos de câmeras, lentes e fotógrafos ruins, bem como papéis e filmes vencidos. Pelas imagens que faziam de si próprios, não se enxergava cada vez mais expectativas, enquanto o Governo Nacional pressionava por elas em peso, com campanhas de propaganda cheias de pastores protestantes, fotos de mulheres nuas, cantores de música clássica e *víyerbas* extras.

A manutenção de toda uma classe social mediana (Imprensados no Meio) nos Templos Educacionais gerava grandes despesas para os Balanços Externos, mesmo num "Sistema" de lucro livre. No capítulo dos crimes eleitorais do Plano Teórico, esse tipo de sedução barata era mesmo a mais cara de todas, pois possibilitava uma série de acertos por baixo dos ventres e tapetes vermelhos de dissimulação. Havia muito o que comprar para o patrimônio do Governo Nacional: carteiras, copos de alumínio (são ótimos!), armários, lousas, merendas, máquinas de choque, extintores de incêndio, câmeras de televisão, computadores, bandejas de instrumentação, bolas de futebol de salão, cloro para piscinas (não que já houvesse, mas seriam construídas), leite em pó e serviços de paisagismo. Para dar o que falar à boca rota, causar um verniz de conhecimento e tirar da população insossa novas taxas e outros demais impostos, o Governo

Nacional, com o auxílio inestimável dos juízes ladrões, instituiu o AOH, Athos Ocasional Número Hum, destinado a "*refrear o desperdício do ócio preguiçoso entre os mais necessitados, bem como dar-lhes um sentido oposto ao do potencial conflito com o Governo Nacional*" (Ref.: D.D.O.C., Diários dos Delírios Ocasionais do Congresso).

Por esse efeito de Lei especial, subitamente todos ficavam obrigados a ter aula, para o que os professores seriam escoltados por traficantes armados de submetralhadoras desde suas casas até o local de trabalho, permanecendo ao lado deles 24 horas por dia.

Os vidros das janelas seriam blindados e selados, evitando assim que alunos ou funcionários Públicos fossem chamados para fumar ou cheirar alguma coisa esfuziante ou que os mesmos recebessem tiros perdidos de um fuzil qualquer, como costumavam acometer esses locais.

Os conteúdos previamente misturados e agendados deveriam ser subministrados de uma vez, para que as relações entre as parte e o todo jamais formassem um único inteiro despedaçado na mente estudantil fragmentária.

A Fábrica Nacional de Remédios desenvolveria um calmante baseado numa variação tópica ativa da conhecida híyerbabraba "Maracuiyá", relaxando (ou, "*desleixando*", segundo os Agentes Químicos) a massa de alunos nos Templos, tornando-os mais passivos e amolecidos para o duro aprendizado rigoroso.

O material escolar deveria ser submetido a detectores de metais. Tudo que fosse prateado, espetante, agressivo, despressivo, recheado de pólvora ou tivesse aspecto de ferro torcido seria apreendido.

As mochilas seriam revistadas por cães varejadores, com autoridade delegada (Congresso + juízes ladrões) para reter e engolir as comidas que por ventura quisessem ser contrabandeadas para dentro da Instituição. Naquela época, as epidemias de *Pobreza* arrastavam milhões para o ambiente pouco salúbrico das sarjetas da cidadela. Atribuía-se o mal a certos sanduíches de ovo, sebo ou patê de jornal, que poderiam dar bucolismo, empreguismo, escorreguismo e outras doenças do espírito, como a terrível "mansidão servil" (variação degenerativa do "taciturnismo").

O ciclo de atrocidades inaugurado pelo AOH levaria uma legião de afãs aos paredones dos Estados Nacionais, desobstruindo a oposição ao "Sistema" de quem não lhe convinha e abrindo ainda mais novas vagas para a população desesperada por um prato de qualquer coisa (= novas taxas e novos demais impostos/Ref.: Monastério da Razienda).

Para encerrar o que mal começava como um dos momentos de maior breu da Iniciativa Pública, haveria a introdução paulatina de Agentes do SCI nas salas dos Templos, de forma que qualquer arruaça entre uma aula e outra pudesse ser detida e imediatamente fichada na Diretoria do "Sistema"! Esse cadastro seria distribuído ao Governo Nacional, que o despacharia para o Monastério do Trapalho, fazendo com que essas crianças não pudessem esperar nada do mercado de "qualquer emprego" quando fossem expelidas daquelas carteiras, com barba no rosto e filhos para criar.

Com os outros não era diferente.

Mas, se assim não fosse, os militares do exército e os matadores de aluguel do Congresso de um modo geral não teriam o que fazer com a sua sanha de despotismo esclarecido. O Plano Teórico também pressionava o Governo Nacional, que, por pior que fosse, tentava dar o que fazer à maioria, ainda que não passasse de uma minoria Rica e desleixada ("*relaxada*", conforme preferiam os bem tratados).

Durante esse período, o HEO, Histórico Escolar Oficial do... "menino" era insignificante. As aulas ainda eram tensas, difíceis de prestar atenção, pois os Agentes do SCI andavam de um lado para outro durante elas, exibindo sapatos furados, arrogância e canhões prateados na cintura, além de outros volumes incompreensíveis às crianças (Peidophíylia). Se alguém virava para o lado, ou de costas, por exemplo, e, por exemplo, ficasse com torcicolo, os funcionários se encarregavam imediatamente de pôr as coisas no lugar, estrangulando o aluno e convocando o próximo da fila para sentar. Logo havia quem sentasse. Não por uma preferência da posição, mas pelo que ela significava em termos de merenda ou pequenos favores. Sentava-se e concedia-se muito nessa época.

Os Pais aprovavam a iniciativa. De um modo geral, estavam mesmo se lixando do que faziam dos seus filhos naqueles recantos forçados de sociabilidade, desde que eles fossem entretidos por algo que lhes parecesse minimamente ordeiro, o que aliviava seus calos e kulpas, embora pudesse ser apenas uma ridícula imitação daquilo que eles próprios, os adultos, são capazes de fazer para ganhar a dura vida.

Ridículo, mas este romance-reportagem está longe de ser uma comédia, infelizmente.

Ao... "menino" isso de nada servia, pois seus Pais haviam morrido. Sim! Os dois! Acabaram de morrer! De uma vez, coitado... Recebera o telegrama quando estava em pé, olhando os Pobres pela janela da Diretoria, esperando o café da manhã...

O fato trágico, típico, patético, ou catequético, como queiram, era que justamente no dia em que o Pai tinha uma audiência no processo de conseguir uma portaria melhor para administrar, a Mãe tinha a sentença definitiva de sua má ação por "melhores trabalhos" numa minissérie da TV da Força Maior. O casal chegara a dividir o mesmo táxi e, ali mesmo, segundo o taxista curioso posteriormente entrevistado no inquérito, partiram para agressões e estripulias, estragando o estofamento do veículo e criando inúmeras dificuldades na hora de pagar a corrida, enrolando o Pobre motorista com pedaços de papel-manteiga que simulavam notas frias. No Tribunal, ao ver como a própria esposa se engraçava com juízes ladrões e advogados dos dois tipos, o Pai desconfiou da certeza de qualquer coisa.

Dizia-se pelos meandros das instâncias, e com as melhores intenções de esclarecimento que a Mãe do... " menino" teria "forçado" a tal sentença definitiva de "alguma maneira", ofertando indisponibilidades aos juízes ladrões e guardas em troca-troca.

O Pai, traído dessa maneira, não queria a humilhação de ser visto com aquela mulher entre os companheiros de solitária, que passaram a isolá-lo, hostilizá-lo e estilizá-lo depois que fora solto (fora solto, mas não se via diferença). Ato contínuo, o homem desgovernado espancou e pôs a mulher para correr, seguindo em seu encalço com palavrões e impropérios. O casal, derivando para o leito da avenida que se avizinhava, desviou dos primeiros carros, como nos filmes modernos, mas, ao contrário dos filmes antigüos, ambos acabaram sendo colhidos, provocando ao homem o atropelamento próprio em carne viva e à sua esposa o esmagamento coberto de hematomas.

O... "menino", telegrama do DT, Departamento de Trânsito, na mão, parecia ver a cena dantesca em cada programa infantil que procurava premendo o controle remoto. Eram pesadelos acordados de anões libidinosos e mucamas brancas! Sentira um *rictus* de desequilíbrio, mas podia ser apenas o gás que constantemente vazava do fogão. Mal refletiu: embora ele não lhes sentisse falta de fato, sentia falta do direito de imaginar que, se vivos, poderiam ter sido outros, muito menos mesquinhos, fracassados e dolorosos.

Tudo isso passou-se num instante de um dia qualquer, afogado num Xis-calabresa com queijo seburo mais um copo de café irlandês. A partir de então, não precisava mentir a quem perguntasse se era órfão ou não. Se pudesse falar, diria simplesmente: "*estou só no mundo desde o dia em que nasci, que não foi mesmo privilegiado ou bafejado de afetos*".

Logo vê-se que não tinha novos ressentimentos, apenas os antígüos.

Órfão e feliz, começou a pensar numa profissão, pois, de um modo ou de outro, a população era codificada pelo Monastério do Trabalho de acordo com o que fazia de fato ou com o que se dizia fazer aos amigos. Amigos o... "menino" não tinha, de modo que podia inventar qualquer coisa para fazer. Após hesitar entre a criação de plantas de fumar, mais rentável, e a formação espiritual, menos, terminou optando pela segunda, pois menos ele conhecia demais.

Segundo as regulamentações do Ato Ocasíyional Hum, caberia aos professores Públicos "*procurar evidenciar aspectos do mundo que despertassem qualquer impressão nos alunos*".

Apesar dessa obrigação, os exemplos de que os professores Públicos dispunham eram péssimos, quando não ruins mesmo, incentivando, no mais das vezes, os seus contrários piorados pela experiência. Paralisados por falta do que dizer ou mostrar que não lhes causasse repulsa ou vergonha, a categoria reivindicava conteúdo. O Governo ria dessa pauta, transferindo sumariamente (na mesma hora!) muitos profissionais de ensino para templos Educacionais distantes ou mesmo para o centro da cidadela, onde o crime aumentava os índices de assassinato e estupro de consciência. Quando não havia vaga Pública no "Sistema" para a transferência de ensinadores inconvenientes ("*transpherêntchýah*", do Guarany-Puruníi, está grafado no Dicionário da escrita Oficial e apresenta sinônimos como "ejeção"), o Governo transferia os alunos inconstantes. Colocava todos perfilados no pátio (já livre dos Pobres) para aulas de CH (Cantoria de Hinos).

Isso tudo pode soar de mau gosto, ou grotesco, mas o fato é que para o... "menino" não era diferente. Sentia-se o amargor daqueles tempos pela quantidade de HO's, Hinos Obrigatórios. Todos os Monastérios e suas ramificações em Repartições Públicas dispunham de uma canção Oficial de incentivo, elevadas à categoria de Hinos pelo Plano Teórico, em parte (isto é, quando convinha) adotado pelo "Sistema". O... aquele... "menino" até mantinha o braço esquerdo erguido, estendido e apontado, abria e fechava a boca, arfando em consonância com as letras emitidas pelos alto-falantes musicais, confirmando silenciosamente cada nota de cada loa-loa das canções Oficiais patríyoticas. Seu ridículo provocava um arrepio ambíguo e contínuo em todas as solenidades. Permanecia ereto, mas gostaria de correr para o banheiro e se aliviar, se pudesse. Não podia. A tradição mandava que se ficasse ali, preservando-a, até que algo mudasse e outra memória esquecida viesse a ser honrada. Sabia o que as honrarias do passado e as tradições do futuro fizeram de seus Pais (mortos há algum tempo), de forma que cantar os sucessos daquele Governo Nacional era algo que lhe soava aos ouvidos como um fracasso maior. Essa tradição emocional e moral não dava a ninguém muita perspectiva social, de forma que só atividades mesquinhas e isolacionistas chamavam a atenção do... "menino". Bonecas infláveis, carrinhos do ano, videogames em 3D, pega-pega de hipotecas, esconde-esconde de dinheiro e... selos de Correio.

Na verdade, um certo tipo de selo: os exóticos selos de astronáutica do Iênem, ou Iênens...

O Iênem (ou Iênens) era um lugar miserável e riquíssimo em petróleo. Problema é que tal ouro africaníy estava no subsolo e só quem pudesse ou tivesse a tecnologia poderia começar a cavar. Por essa posição sexual e ideológica, só as grandes potências poderiam penetrar tão fundo naquela nacionalidade, drenando o caldo grosso e obscuro do que havia por baixo pra sustentar o bem-bom de quem vivia por cima. Tudo isso tem um cheiro antigüo, de anos e ânus mesmo, mas não há o que chorar de dor nas costas: assim era o negócio do petróleo.

Aquela kultura primitiva da Civilização Brasileira se via constantemente acossada ora pelos Estados Suínos, sendo obrigada a comprar lanchonetes, seriados ou cadeias de videoclubes, e ora açoitada pela polítipica expansionista da Frente Rústica, que queria espalhar aquecedores a carvão, carros que não funcionavam e estátuas de líderes carecas em todas as praças de suas cidadelas. A pressão externa pelos dois lados havia espremido e esgarçado a geografia do país ao longo dos tempos. Nas chamadas Guerras Púdicas da Civilização Brasileira, por exemplo, o local fora dividido por dois, com um risco de giz caucasiano no meio. De um lado do problema ficava o Iênem do Leste, voltado para o entardecer; do outro, ficava o Iênem do Oeste, imaginando que o Sol lhes nasceria um dia. Quem passasse de um lado para outro se transformava imediatamente numa estátua de sal materialista. Foram décadas duras e empedradas, de alfândegas pesadas e muito pó branco cheirado sem querer. Por fim, permaneceram viciados em divisões e subtrações. Acabaram por se enrolar, se cansar e perder as contas, de forma que muitos milhões morreram de fome, doenças do pulmão, coração, câncer no cerbelo e colesterol ruim. Os prejuízos foram incalculáveis! O Governo Nacional nem gostava de ouvir falar nisso!

Ignorante de tudo isso por pura vocação e até porque aconteceria muito tempo depois dessa época, entre uma coisa e outra, os povos ienenitas (ou povo, no singular, se estivessem no momento unidos contra os outros) lançavam freqüentes selos, tentando homenagear ora um lado, ora o outro da dita corrida espacial. Esse povo sofrido vivia em desalinho com a esperança. Muitas vezes, quando conseguiam finalmente fazer uma boa homenagem para um lado que, vitorioso, lhes houvesse dizimado, o outro lado, sorrateiramente, já havia rearrebatado o poder, causando grandes constrangimentos a todos os envolvidos no cerimonial. Os Ienenitas, além dessas divisões ideológicas leste/oeste, ainda abrigavam certas disputas locais de Prefeituras Fundamentalistas, cada vez mais ousadas nas táticas de Guerrilha (como Atiçamento, Assustação e Guerra de Marimbondos). Cada grupamento se dizia o escolhido do Supremo e o Supremo mesmo nunca se manifestava, a não ser sob a forma de sentenças mal escritas, corruptas, burras mesmo, bem como terremotos, vulcões ou chuvaradas. Para completar, o solo recheado de petróleo na região ainda estimulava os piores interesses melodramáticos das perfuratrizes!

Por essas e outras fica claro que a corrida espacial não era o único tema postal permitido pelos Antígüos Governos, mas os outros assuntos da diplomacia deveriam parecer aborrecidos ou realistas demais, de maneira que foram banidos pelo desuso. Havia os que tentavam explicar um absurdo desses! Diziam que a população não podia suportar seu sofrimento sobre aquela terra, divulgando assim imagens de naves, plataformas de lançamento, laboratórios espaciais e do sistema insolar como um todo por mero capricho escapista. Preferiam mesmo imaginar o céu que lhes mandava raios a pôr os pés naquele solo de ninguém. Outros, no entanto, asseguravam que tais imagens eram a pura imposição de uma ideologia expansionista dos flancos opostos que espremiam aquela nação desolada. O espaço dessa desavença se expandiu a cada conquista mesquinha de parte a parte, ampliando o que era um conflito de fronteíyra ("*cancro de colo*", em Guarany-Purunii), para uma verdadeira batalha postal e científica! Eram as Guerras Púdicas da Civilização Brasileira, quando as imagens de mulheres nuas, mulatas e mucamas de todos os tipos em trajes sumários tinham desaparecido dos selos censurados (os envelopes viviam melados!).

O... "menino" acabava absorvendo todo esse universo kultural e tecnológico imortalizado nas correspondências que comprava nas lojas especializadas em philotelíya. Nessas casas de amassagem do ego, os alunos do "Sistema" podiam se inscrever (mediante taxas variáveis e demais impostos) para que recebessem em casa, na posta restante, CIs, Cartas de Intercâmbio, enviadas do passado pelas crianças ienennitas. Essas cartas eram horrorosas, pois, além de muito mal escritas (não tinham um "Sistema" Educacional, nem Escrita Oficial), misturavam tempos víyerbais e descreviam atrocidades impublicáveis num regime de excessos. O capital financeiro que o... "menino" invertia nessas atividades epistolares era arregimentado segundo os expedientes mais ingênuos e escusos, como roubar trocados da caixa de esmola da Diretoria (as Diretoras do "Sistema" esmolavam para complementar o salário de fome), ou até mesmo corrompendo-se com a própria desnutrição, vendendo aos Pobres decadentes da fila matinal da USÉIBI que o abrigava as sobras dos seus sanduíches quentes, líquidos coloridos sob a forma de sucos e demais sobremesas, como as bananas nanicas que as cozinheiras lhe davam pelos corredores do Templo Educacional.

Por força da visão constante dessas imagens tecnológicas nos selos, o... "menino" queria sê-lo e desenvolveu uma acurada desenvoltura nos assuntos cósmicos. Conheceria desde astronomia antigüa do Egíypzio até as últimas imagens da sonda *Vicious Five*, passando pelas fabulações catholíycas de outros mundos, por estrelas, nebulosas e galáxias, bem como planetas secos, vermelhos ou simplesmente gasosos. A própria dinâmica dos gases viria a ser muito importante na vida do... "menino", especialmente quando se alimentava de certas forragens e churros com leite condensado. Admirava os equipamentos de sobrevivência em condições extremamente adversas até a exaustão nervosa de todos os seus componentes e mecanismos. Excitavam-lhe as dificuldades que aqueles heróis modernos enfrentavam apenas para estar longe de todos, isolados e protegidos em seus ovinhos de alumínio e titânio. Nessa pesquisa pura ele descobriu por exemplo que, embora os Estados Suínos tivessem desenvolvido os melhores foguetes propulsores (típico de uma kultura com fogo no rabo e também porque haviam dado asilo de velhos para uma série de cienthistas monstruosos da extinta Alemaníya Gigante), era a Frente Rústica que aperfeiçoara as melhores células e cédulas de sobrevivência e reciclagem, pois praticamente tudo de primeira mão faltava em seu projeto espacial, além da Máphia local ter víyerba isenta de taxas e demais impostos para invertir.

Assim, os Estados Suínos até chegavam mais longe, mas não tinham acomodações adequadas para ficar na distância, acabando sufocados em suas cápsulas exíguas. Já a Frente Rústica se movia pouco ou lentamente, porém era capaz de ficar onde estava por muito e muito e muito tempo, privilegiando as mesmas pessoas e ações, repetindo as mesmas manias, atulhando e ampliando as instalações, inventando sempre novas maneiras de permanecer em órbita estacionária no próprio lugar, sem dar prejuízo. Por não querer dar lucro, parecia mesmo a menos humanista. O... "menino", pensativo, metafórico e metaphíysico, observava qualquer coisa de inusitado e operante naqueles dispositivos.

E se ele...
Ó Deus! Ó Governo! Ó família!
E se ele...

Era como uma sedição homoerótica e homeopática! À visão daqueles capacetes acolchoados e poltronas cheias de apoios, encostos e fofuras, sentia como um conforto no epicentro de tudo. Por mais deformado que fosse seu umbigo saltado, sentia-lhe a alegria dos comichões. Ah, se pudesse estar numa daquelas casamatas penduradas no quadro-negro do espaço sideral! Na verdade não sabia, com certeza, se queria estar lá. Tinha trauma de altura, pois seu Pai o arremessara para o alto e na direção da própria esposa, na única vez em que teve o filho nos braços (*o já referido episódio da apresentação Pai/filho que a Mãe tentara fazer na sala de espera e visitas da Cadeia Nacional*). Coitadíssimo... pois para chegar longe no alto é preciso subir ou ser arremessado! Mas ele ainda era muito jovem e tinha muito o que fracassar em sua busca, até que ela se revelasse efetivamente inútil. O que parecia aquecê-lo naquele inferno era o sistema de ar condicionado e uma impressão calorosa de concisão no distanciamento daqueles homens. Envoltos em roupas belíssimas e reembalados na armadura de metal inviolável, ligavam-se ao planeta apenas por ondas de rádio, podendo simplesmente dizer "*como é que é? Não estou ouvindo bem, não consigo entender direito*", quando, na verdade estavam contrariados, isolacionistas ou entediados com as sucessivas checagens dos indicadores economíycos e de combustíyvel comandadas pelo diretor da Missão impossível. Além disso, se quisessem, realizariam diversas micagens enquanto falavam de coisas sérias, como "explosões solares", "chuva de meteoros" e demais danos aos "Sistemas" de comunicação. Ninguém lançava olhares severos, pois para fazê-lo era necessário ter uma câmera de curto-circuito interno (cortada do orçamento do espaço aéreo) ou estar numa posição superior e não havia posição maior e insujeita a tempestades do que aquela das espaçonaves.

Nessa época de altos e baixos na montanha rústica da conquista sideral, um "fato" a mais e "duas pessoas" a menos iriam redeterminar para sempre o futuro imponderável do... "menino"...

Quanto ao "fato", nem era de vestir, mas era sim criminal e acontecera no terreno baldio que dava debalde para o Templo da USÉIBI. Aquele ainda era apenas um terreno de hipóteses, pois o Governo Nacional não sabia a obra faraôniytza que construiria no mesmo. Lá, num amontoado de ferro retorcido por atentados terroristas, fadiga de materiais, contrabandos ilegais e as mais variadas contravenções penais leves, havia um velho refrigerador Gelotheck de porta única. Este eletrodoméstico tivera uma vida de penúria, mantendo enregelados os parcos recursos alimentícios de uma residência de classe mediana e agora, no bagaço, era venerado por uma razão estúpida qualquer. Por exemplo: as crianças que o rodeavam não sabiam para o que servia. Mesmo que se metessem constantemente em frias, não imaginavam que elas poderiam ser fabricadas e armazenadas em caixas metálicas pelo próprio homem. Não se distinguiam de um saco de risadas grotescas ou de um saco de pancadas severas como uma porrada de olhares. Eram todas crianças miseravelmente Pobres e não ligavam para comida estragada. Aquelas crianças só tiveram acesso à Gelotheck estuprada e escancarada pelo uso desbragado, supunham-na um armário para cabides de emprego ou, o que é pior, uma cama feita para deitar na fama eterna. O eletrodoméstico quebrado fora lançado naquela selva de pedra para comer o pão crocante que o demônio amassou e tinha de pagar até o fim por sua inutilidade! A última atividade vergonhosa a que se prestou (e esse é o "fato" relevante que causou forte impressão e alguns pesadelos ao... "menino") foi abrigar um corpo. Um homem que ficaria muito famoso por ser o mais desconhecido de todos por lá fora identificado como definitivamente morto por uma ex-faxineira que ali mexia e agia. Ela, que fora demitida da USÉIBI que abrigava o... "menino" de favor, desenvolvera uma doença degenerativa da generosidade, chamada de "*Mal de Mali*" ou "Mania de Limpeza", trabalhando gratuitamente como um relógio cuco nos dejetos e despojos do terreno anexo.

O Governo Nacional fazia vistas grossas para essas sujeiras asseadas indevidamente, pois esses funcionários não pagos acabavam fazendo a completa higienização e terraplenagem do local, preparando as fundações hipotéticas do futuro que muitos esperavam de diversas maneiras contraditórias. Evitando comentários escabrosos, o... "menino" nem reparou na faxineira, que até parecia lembrar-lhe a própria Mãe. Melhor assim, que não amargasse suas reflexões a respeito da realidade material do delito. Notou sim aquele cadáver conformado e lembrou diretamente do calor uterino, mais do que a Mãe que lhe dava sustentação, por precária que fosse. Sentiu uma profunda dor de estômago, como facada obstetrícia. Recuperou-se a termo de perceber o que tanto lhe excitara as membranas dos tecidos mal costurados dos neurônios e do umbigo deformado: aquele corpo enrijecido a tudo se ajustava! Era uma comunhão perfeita entre forma e conteúdo, latência e demência, casca e bagaço, justiça e liberdade. Via que as carnes vermelhas haviam se moldado à gaveta de frutas, que as brancas se conformavam à de leguminosas, que os cotovelos se encaixaram perfeitamente nos recipientes de ovos, que os miúdos expostos ficaram derramados nas gradinhas, que o sorriso desdentado se abria pendurado nos puxadores e a cabeça dormia serenamente entre as forminhas do congelador.

Tal acolhimento e contenção por parte de um reles eletrodoméstico fora de uso encheu de júbilo singelo o coração do... "menino". O Governo Nacional não tolerava muito bem o júbilo singelo dos corações infanto-juvenis, publicando livros medíocres, com aventuras repetidas e lições ethíycas aborrecedoras. Emocionado por isso o ... "menino" guardou o que via e percebia do que via para si. Durante a fase de imperícia do inqüérito, quando os Agentes do SCI o torturaram para perguntar se tinha visto alguma coisa que pudesse lhe sugerir algo suspeito, gesticulou imediatamente que "*não, ai, nada, ai, coisa alguma, ai-ai-ai*" e que nem sequer sabia a que presunto cidadão estavam se referindo. Tudo isso por gestos complicados de entender, é claro, especialmente porque se encontrava abatido e desconjuntado pelo tratamento.

Nos seus sonhos mais vibrantes, antevia-se na forma compacta de um ovo de codorna, revirava-se em latas de sardinha, máquinas de lavar com visores especiais e quitinetes de arquitetos comunionistas, sentindo um Estado quase de graça (muitíssimo barato mesmo). Entre tantas possibilidades filosóphicas e ideologíycas, fora uma Gelotheck de porta única, um modelo de Geladeira tido como ultrapassado nas casas do ramo, a lhe inspirar a forma perfeita de estar no mundo!

Dentre as "duas pessoas" pouco mencionadas de passagem anteriormente e que redesorientariam para sempre os percalços do... "menino", primeiro as mulheres e crianças: Milâine, aos 11 para 12 anos de idade, era ambos os casos.

Não que ela fosse muito mais que isso, que em tudo a vivência lhe era a mesma derrota sorridente dos compatriotas. Sua vasta experiência coletiva se resumia em agüentar, agüentar tudo, um pouco mais, até o fim. Desenvolvera por isso uma leve corcunda, praticamente imperceptível, pois a ossatura tensionada da coluna acabou devidamente moldada para suportar-lhe bem as descargas.

Tinha também essa mania de sorrir acima de todas as coisas, o que suavizava a reação estapafúrdia dos membros da sociedade organizada e aterrorizada, especialmente o... "menino", que houvera até então, por bem ou por mal, confundido dentes à mostra com demonstrações de desprezo ao filho (Pai), insatisfação sexual (Mãe) e morte violenta (visão do cadáver na geladeira), nunca de afeto (Milâine!), vivacidade (Milâine!!) ou simpatia (Milâine!!!).

Essa, digamos, "felicidade milâiniana" (pronunciasse "milêiníyana") não fazia o menor sentido nas circunstâncias improváveis em que estava imersa, nos mais das vezes piores que a do próprio... "menino", já bastante depauperado pelas relações sociais.

Nada desgasta tanto como estar vivo, pôr isso os mais velhos sempre recomendam fingir-se de morto, uma vez que nesses casos a longevidade é maior.

Milâine aceitava uma coisa dessas e, apesar de suas posições críticas e humanistas, se expunha menos, sobrevivendo mais. Na rua, vestia-se com capas de veludo negro costuradas pela Mãe para o grupo teatral de *ashitpprop* (onda publicista rústica) de uma Municipalidade Fundamentalista do velho oeste, cujos koultos exacerbavam os instintos mais moralistas dos velhos dramaturgos de esquíyerda.

Em casa ela podia até por-se nua, mas apenas entre quatro paredes e sem porta ou janela. Como esse tipo de cômodo não era construído pelos arquitetos comunionistas ou criava muitas dificuldades de acesso, raramente ou nunca se via diante de sua fisiologia aparente. Era-se um mistério. Tinha esquecido o que era e se funcionava. Podia ser apenas que não se gostasse, afetada pela corcunda que lhe aumentava a carga dia a dia (só no tempo em que estamos aqui escrevendo sobre o assunto, por exemplo, ela aumentaria de dois a três centímetros de espessura!). Crente nas mais tênues sugestões de emoção afetiva que a circundavam, apegara-se também ao... "menino". Não de um modo vulgar e torpe, mas folhetinesco e boboca, como nas minisséries athéiyas da TV da Força Maior, coisa que, para todos os efeitos, não se encontrava causa.

Era burra e cativante!

Milâine tinha muitos amigos folgados, mas o... "menino", calmo ou desatento, não conhecia os ciúmes. Não fora formado segundo os padrões morais anárquicos daquela época e, de mais a mais, se todos de que se lhe aproximavam davam patadas e fociferações, não tinha por que chegar a formar uma carência indolor de ninguém melhor que ele. Quando os amiguinhos de Milâine humilhavam suas deformações, o... "menino", claro, se identificava com ela como um espectador de filmes de Kung Fu.

Era mesmo uma menina insignificante e que, no entanto, seria sua primeira experiência afetiva (portanto, aflitiva). Não conhecemos os detalhes desse tipo de experiência, pois coisas do gênero eram controladas estreitamente pelo SCI (*os editores deste romance-reportagem informam que o acesso aos AMs, Arquivos Mortos, da Guerra Civil da Civilização Brasileira daquela época foram proibidos aos pesquisadores dessa, sob a alegação mesquinha de que "o futuro até pode pertencer a Deus, mas o passado, esse pertence aos homens poderosos"*). Havia, além do mais, excessiva incomunicabilidade incomum entre ambos e não é muito possível dizer que entre os dois seres de menor importância e juventude algo ia em processo. Afinal, o tempo passava, os hormôngüios se agitavam, era a floração da primavera! Esse processo era mais um processo do tipo "de crescimento".

Não era lógico em seu absurdo como um processo do tipo jurisdicional, mas algo mais sutil e refinado.

Talvez um sentimento, talvez uma disputa, talvez uma satisfação...

A saga de Milâine apresentava todas as emoções dos dramas antigüos: nascida em berço esplêndido, fora proibida de ir à escola por problemas de famíylia. Seu Pai, num tropeço vertiginoso, falira muito depressa! Num instante mesmo! Antes que pudesse posicionar-se numa classe social média, despencara pelas paredes pegajosas e escorregadias do fundo do poço, conseguindo um minimum de fôlego para apenas e tão-somente rebaixar toda uma geração à condição de semimendigos, uma fronteíyra inquestionável de *Pobreza,* de forma que a criança, antes mesmo de nascer, fora expelida das filas do "Sistema".

O clã milâniano como um todo só não tivera os traseiros arremessados pelo despejo Público nos becos do centro da cidadela por puro acaso e algumas migalhas da velha "influenza". De fato, o Pai fora sempre muito importante, mas toda a importância sucumbiu quando começou a falhar com certos credores violentos. A Máphia Rústica se pôs em seu encalço e sabemos que nada de bom acontece de repente com alguém dessa estirpe querendo "conversar" conosco. Sua Mãe, dona-de-casa e ex-costureira de teatro de vanguarda, agora nem isso era, pois tudo fora hipotecado pelos Agentes do SCI, que vinham anotar e conferir os bens e maus daqueles que perdiam a responsabilidade sobre os recursos financeiros próprios. Sua máquina de costura, confiscada de saída, rendera o suficiente para apenas duas semanas de cesta básica Pobre (Ref.: Monastério da Ração Social)! Podiam ser colhidos no jantar, diante da TV, sentados nas poltronas! Súbito tocava a campainha e a porta era arrombada, para em seguida dar vazão a alguém de promissória em punho que, cercado de seguranças e Oficiais de Justiça, avançava apunhalando pelas costas os demais repousados nas poltronas, ex-senhores humilhados no próprio engenho, retirando-lhes o único apoio de que dispunham, lançando-os no solo forrado da execração para, ato contínuum, serem revirados do avesso ali mesmo, por outro cobrador, esse que já lhes puxava o tapete em revolta pelos débitos. Não era fácil...

Também não é difícil de entender se pensarmos um pouco mais na questão do problema: a pergunta afirmativa que não quer calar a boca é que tudo desapareceria dali, de um modo ou de outro, quer os parentes e amigos reclamassem ou não, pois as dívidas eram multiplicadas pelos habitantes, não pelo endereço. As pessoas que se aproximavam, por força desses incentivos, se afastavam! Tudo mudava e com os imóveis não seria diferente. De forma que não convinha encostar naquele cenário molhado se não se quisesse tomar um escorregão dos leiloeiros que faziam fila.

As roupas do corpo nunca mais seriam consertadas, por exemplo, causando a ruína espiritual da Mãe da menina. Quanto ao Pai irresponsável, faltando com quem não devia mas devia faltar, fora inúmeras vezes alvejado pelos atiradores de elite da Máphia Rústica em diversos setores cruciais do corpo. Havia realmente muitos buracos de balaços em diâmetros avantajados nos seios e na cabeça desse Pobre velho homem Rico. Perdera massa encefálica e, com ela, um pouco de cabelo liso e autoconfiança. Ficara triste, internalizado, mas não calado nas UTIs Públicas, reclamando por longo tempo dos maus-tratos, sujeito e objeto das mais vorazes infecções hospitalares e violência doméstica da enfermaria (*danadas e mal pagas, as EF, Enfermeiras Feias, descontavam suas maledicências viscerais nas vítimas, isto é, nos inocentes, quer dizer, nos pacientes...*). Durante o período de internalização, muitos de seus órgãos vitais estiveram hipotecados pela hora da morte. Haviam sido avaliados dentro de seu próprio ventre ingrávido. Nem com os mais modernos procedimentos médico-religiosos, como *Punção Anal* e a *Extrema Sucção dos Enfermos* (o conhecido ritual energético praticado por enfermeiras freiras — ou *enfrermeiras* — no pênis do moribundo), nem muitíssimo perto de ter seus próprios aparelhos e brinquedos eróticos desligados sumariamente direto na caixa de força, o Pai se dignou a saldar os débitos para com as pessoas erradas e o Hospital. Seu Conveníyo, por exemplo, constava sim do Plano Teórico, mas em se tratando do pagamento de equipamentos essenciais para a sobrevivência, as coisas eram mais práticas, rápidas e à vista, pois o credor podia morrer a qualquer instante.

Milâine sofreu na pele com a sua inexperiência: teve urtigária, migoze e missoginíya entre os dedões do pé (*“na missoginíya, os dedos se afastam, como nos mongongóis”*/ Ref.: Manual de Medicina Ilegal). Do mesmo modo, as mãos lhe ficavam muito danificadas, já que se o velho caloteiro não pagava, era ela, sangue do seu sangue enfermo, quem tinha que pagar as transfusões, altas mensalidades, taxas e demais impostos por uma causa perdida. Era, sem dúvida, mais uma impostura! Quem sabe uma imbostura! Mais uma que seu Pai lhe aplicara como uma sova repressiva a distância, fazendo-a trabalhar por ele e brincando de esconde-esconde com a morte.

Porque ele morreria sim a qualquer momento, era certo como todos nós chegaríamos lá nesse dia!

Milâine mal dormiu Rica e acordou Pobre como um fio desencapado e exposto às intempéries, pois, por incrível que pareça, o progenitor não assumia que já tinha falecido em termos práticos. Até os piores burocráticos do Monastério da Ração Social reconheceriam uma causa dessas em qualquer instância mediana dos Tribunais do Governo Nacional! Seu Velho Pai tinha se deitado, é certo, mas teimava em respirar com a ajuda de instrumentos de jardinagem! O desperdício de recursos na família era tal que sua Mãe, por uma deferência financeira, cometeu o “sumitzu” (do Guarany-Puruníi, “*Tichau*”), automutilação e eliminação ritual suicida em câmera lenta. A Velha Mãe, conforme o protocolo, tivera o bom-senso de vender por antecipação e com exclusividade parte das imagens pornolentíyas e vegetaminosas de seu ato para um Cinema Poeíyra do centro da cidadela, onde diversos intelectuais social-democratas obscuros iam cheirar seu pozinho-de-arroz sem míyedo de ser feliz ou ter ataque de pânico.

A atitude suicida eliminara metade do problema do casal, desafogando Milâine de parte de sua incruenta e exaustiva tarefa profissional. Quando a Mãe partiu dessa para outra, quem sabe melhor, teria soltado um último suspiro de mau hálito, pois encontrava-se com infecção no fígado, dados os cortes recebidos. Juntou todo o ar de que dispunha nessa vida para dizer: "*Nelson, meu Nelson.*"

Dado que o marido que a possuía chamava-se Capitão Ivo Novais, tal assertiva final causou um pesado mal-estar passageiro no exército. Milâine continuou grata por esse lado materno, mas, pelo outro, cheia de ingratidão, passou um tempo sem visitar o Pai. Duas semanas.

O alvorecer dessa nova era de preocupações mesquinhas do cotidiano promoveu-lhe, em adição, esse encontro de almas com o... "menino", pois quanto aos corpos, os de ambos, pelo menos, continham deformações demais... Para dar cabo e tamponar essas pressões emocionais e de recursos financeiros inesgotáveis, Milâine lavava louça para fora. Naquela época, lavar louça para fora era um "qualquer emprego" muito procurado por antígüos nobres decaídos na Guerra Civil da Civilização Brasileira. Suas habilidades, cuidados e presunção com objetos de arte, cristais da Bohemíya, vidros de Muratto e coisas caras em geral favoreciam-lhe em particular a manipulação de delicadezas que poderiam se espatifar a todo segundo, de forma que eram capazes de lavar os pratos mais sujos e indigestos sem causar qualquer dano à porcelana puritana.

Milâine, que tinha parado de estudar à força pelos credores maphiosos de seu Pai, desenvolveu uma espécie de "auto-análise didática" (Ref.: Manual de Psicanagem), buscando aprendizado às custas dos outros, perguntando-lhes como tinham passado e o que estavam fazendo. Com essas perguntas indecentes, a pequena Boneca da Louça, como era conhecida, escarafunchava a existência alheia, buscando nesses outros um novo motivo seu para continuar apesar de tudo. Muito bom recomeço, pois, afinal, no final: "*o mal alheio é muito mais discernível que o bem próprio*", já diziam as velhas múmias tenentistas encontradas no Pão de Azúcar pelos antropólogos assustados do "Sistema".

O... "menino", que tinha lá sua má-formação e oportunidade de estudar na USÉIBI, também não aprendia muito bem, como já foi dito em nome dessas injustiças. Milâine, menos covarde, não pensava assim. Tinha esse sede e essa fome de conhecimento que sós os miseráveis alpiñíystas são capazes de esboçar quando têm a ilusão de que podem mudar de classe social.

Ilusão, ilusão, ilusão... três vezes...

Essa inoperância e incoerência entre Estado das finanças e Estado de espírito (vide Plano Teórico) lembrava ao... “menino” aqueles ares maternos, que ele afastava em nome de não se mostrar comovido demais diante de seu objeto de adoração.

Pois se adoravam! Passaram a se adorar naquele momento, que dois que se adoram é melhor que um a se destruir.

Sequiosa, ela pedia ao... “menino” que lhe descrevesse as aulas, em todos os detalhes, de forma a que pudesse sugar tudo o que ele aprendera. A questão é que o ... “menino” não apenas não aprendia nada como não prestava atenção. A nova solução encontrada por ele foi a mesma de sempre: mentir. Por gestos compenetrados e luxações da expressão facial, mentia que a matemática era precisa e que a física era newtoniana; mentia que a língua que se falava era a mesma usada nos vestibulares; mentia que os estudos cívicos promoviam a paz sobre a terra, omitindo os atentados das Prefeituras Fundamentalistas. Com tanta invencionissie, mesmo uma menina desprovida de kultura acabou percebendo estar metida numa farsa. Não seria a primeira em sua curta existência, dada a herança paterna. Agora, no entanto, não queria mais passar pela mesma coisa exatamente outra vez. Decidiu que até a passaria para trás, para frente, em algum dos lados ou algo semelhante, mas tinha que haver alguma diferença. A solução era simples: colocar o perjúrio em discussão. Enfrentou os próprios míyedos de relacionamentos e cobrou daquele garoto, tão infante quanto ela, um mínimum de maturidade. Ele sentiu profusamente o golpe desse verdadeiro interesse no que ele tinha de falso e abriu seu coração. Não cirurgicamente, como havia sido feito com sua Mãe no parto, ou mesmo ritualmente, como a Mãe de Milâine fizera consigo mesma ao suicidar-se, mas algo mais sutil e refinado: talvez o amour. O amour era um sentimento de Kulpa voltado para os outros, de formas que ambas as crianças fizeram tudo o que podiam para se agüentar. Eles queriam se agüentar, sobreviver, permanecer, persistir! Por incrível que pareça tudo isso, o... "menino" afirmou que negava, isto é, garantiu que nada do que havia dito anteriormente era garantido e passou a descrever a verdade sobre todas as suas coisas: que não aprendia, que não prestava atenção, que fumava certas híyerbas daniñas ou sonoríferas no recreio, que sua Mãe era a Santa das noites da TV do Amor e a prostituta protestante espiritual explícita nos becos da cidadela; que seu Pai estivera preso e agora estava morto, assim como a progenitora, no mesmo terrível acidente; que dormia de favor nos sofás do Templo Educacional; que suas benesses se deviam a dois erros, um datilográfico em primeira instância ("resolvida" com um "jeitchñíyo" pelos Despachantes execrados) e o outro de digitação, em princípio, do "Sistema"! E, num rompante final de "sinceridadch": que vendia parte de suas benesses sob a forma da merenda matinal aos Pobres da fila.

Havia muitas mazelas de que se queixar, porém o... "menino" foi dosando, para não se esvair nesses quereres. Milâine ficou tão tocada pela verocidade dessas assertivas que voltou a ter alguns problemas de pele e despesas de Pharmacíya, por mais que quisesse ter outras coisas.

Nesse período áulico de sua relação, o casalzinho passava tardes e tardes lavando louça junto. De fato, já que estamos nesse momento de verdade, o que ocorria é que o... "menino" não trabalhava muito. Não que não quisesse ou não pudesse, apesar das suas deformações. Acontece que o Governo Nacional tinha proibido os estudantes useibianos de prestarem outros serviços em meio período, tendo que se virar com o que se apegavam ou saqueavam dos Templos. A idéia era prover todos de um pouco insuficiente, de forma que muitos se exasperassem coletivamente. Não podendo lavar louça, o... "menino" as enxugava, o que era desnecessário, uma vez que essa atividade não era remunerada. Os ELs, Escorredores de Louça, chegaram a mover um processo no TGN de primeira instância que, como tudo, ficou parado. Para não se sentir tão kulposo (doença de outra classe social), o.... "menino" chegara a abrir um negócio próprio no ramo do empresariado da Privada. No começo, fugindo das taxas e demais impostos proibitivos do Monastério da Razienda, conseguiu comprar um carrinho refrigerado (memória da Gelotheck), pondo à venda seus produtos sem os intermediários de praxe. O produto em questão era a linha de Yougourts Cagarth. O Yougourt Cagarth era um docinho cremoso e gelatinoso de aparência inofensiva, mas que promovia uma enorme revolução nos intestinos. Com o tempo e, adicionalmente, o câncer que provocava, surgiu um problema de fundo: algo tão gostoso de comer ficaria definitivamente associado à idéia de defecação. Os clientes pensavam com razão: "*se eu vou despejar tudo, por que gastar dinheiro com isso?*". De forma que os preconceitos assinalados dessa maneira no processo dos Escorredores de Louça acabaram levando o empreendimento e o empreendedor à *banca rota* (do Guarany-Puruníi "buraco negro").

O... "menino" já tivera suas lições e teria preferido ficar quieto, ainda que não falasse, mas Milâine queria algo mais e a força do amor os empurrava inexoravelmente para a frente, sempre, cada vez mais sem freio...

Claro que conseguiam acumular os seus tostões. O... "menino" gastava muito com selos, mas mantinha um caixa dois, com o dinheiro desviado da empresa de laticiníyos Cagarth. Nada de mais; aliás, muito menos que isso. Para não dizer a metade. Como só conseguiam metade do que queriam, iam ao cinema e ao teatro meio a meio com meia entrada, isto é, um via a primeira parte e a outra via a segunda, contando-se mutuamente o destino dos personagens dos filmes Oficiais e peças Nacionais. Quando, por desventura, a sessão tivesse três partes ou atos, ficavam sem uma delas ou um deles, preferindo a segunda e a terceira, porque assim podiam, enlevados, adivinhar o início dos melodramas alienados. Por uma dessas e de outras sessões de mímica que se acumulavam (*basta lembrar que o... "menino" não fa-*

lava, influenciando silenciosamente os gestos da garota que, por sua vez, era tímida, voraz e corcunda), ambos enfrentaram muitos problemas físicos nos tendões-de-aquiles e daqueles músculos de sustentação, mas os superaram todos, com companheirismo, ousadia e analgesíycos.

Naquelas sessões de franqueza rude, um episódio obscuro, narrado às claras para o... "menino", que voltara a enxugar a louça inutilmente em surdina, era o da vocação religiosa da menina. Milâine permanecera devota de uma santa antizenita Poloníyesa, Paghúiy, o que lhe causava inúmeros e surpreendentes episódios de combustão espontânea. Quando era ainda mais criança, bastava se fazer sentar em qualquer superfície lisa ou corrugada para se concentrar em alguma coisa que já lhe saía uma fagulha incandescente, iridescente e indecente do traseiro. Essas línguas de fogo eivadas de gases, no mais das vezes, chamuscavam as cadeiras e os sofás, dos quais o... "menino" era muito cioso por saber o que era dormir neles, quando não queimavam quarteirões inteiros misteriosamente. Fora exorcizada e, como num filme internacional de segunda categoria, seu pescoço girou por diversos espaços até pousar sob sua própria cabeça, onde infelizmente se mantém desde então. Como seqüela adicional dessa experiência mística, Milâine tornara-se detentora de um conjunto de cismas, coceiras na palma da mão e intuições, conhecidas como "Sabedoria Azschteka". Os Azschtekas eram um povo antigüo do Caribíye (Ref.: Dicionário Etnographíyco da Civilização Brasileira), especializado em atrapar os conhecimentos de invasores na moita, para o que se colocavam nus atrás de algum arbusto, fingindo coçar-se nos caules enquanto ouviam as conversas cathóliycas dos mithos españiolíys. De acordo com essa legenda histórica, quem se pusesse, mesmo vestido, no lugar certo na hora errada podia absorver todo o conhecimento tecnológico e tecnocrático à disposição no ser alheio, transformando-o em bagaço mastigado.

Milâine, impossibilitada por força policial maior de adentrar os Templos Educacionais do "Sistema" e demais casas de amassagem do ego, forneceu ao... "menino" um pequeno livrinho sagrado de auto-ajuda, onde um mestre pós-doutorado datava todos os procedimentos necessários à consecução do objetivo Supremo daquela religião fundamentalista: sugar, chupar, cuspir, abduzir (do Guarany-Puruníi, "*tirar do outro o que era mais difícil de conseguir de per si mesmo*").

O escarafunchar de estudos e pesquisas em meio período naquele livrinho secreto em pouco tempo fizera do... "menino" uma excelência em várias áreas do saber do "Sistema", pois podia se colocar por trás de funcionários Públicos e conhecer a fundo seus problemas. Evidentemente tanta desilusão o oprimia, pois os funcionários Públicos de carreira nem tinham mais dinheiro para cheirar o seu rapé branco à vontade, limitando-se ao crediário de marophas, a prestações medíocres e a perder de vista. O fundo religioso do "Sistema" absorvido pelos funcionários Públicos não era de grande monta, embora todos montassem nos outros. Realmente, não precisavam de grande coisa para serem montados por Supremos ou patrões do Governo Nacional, de forma que ao... "menino" pareceu mais excitante agregar-se aos alunos, pois cada um deles trazia a sua singela experiência espetacular de famílya. Aproveitou as terríveis chamadas orais do templo, quando as professoras cobravam cada gota de conhecimento que haviam enfiado pela goela dos alunos. O... "menino", conforme ensinara o livrinho sagrado de auto-ajuda, punha-se de cocoíyras (do Guarany-Purunîi "*em prece*") como se fosse se livrar de um laticiníyo, mas aproximava-se do aluno à frente. Assim, por reles contato epidérmico, além de ser escondido pelo corpo alheio, que lhe ocultava a visão da funcionária Pública com fome de sangue e que poderia chamá-lo a qualquer momento, o pequeno monge azschteka conseguia abduzir todo o seu saber daquele outro, mais exposto à execração da turma que qualquer um.

As professoras Públicas, que não enxergavam nada além da perspectiva renascentista, deixavam o... "menino" passar de ano com notas altas, subtraídas literalmente às custas dos demais ignorantes das coisas dessa natureza estrangeira.

Alojar-se oculto nas costas dos outros para obter inspiração teria virado uma mania Nacional não fosse a série de pegadinhas constantes do livrinho sagrado de auto-ajuda, decodificado apenas por iniciados e aposentados. À falta do que melhor fazer o... "menino" piorava tudo, levando e trazendo abertamente aquelas histórias dos alunos do Templo para Milâine, à revelia do "Sistema", que era muito bem fechado. Ela as ouvia com prostração e egoísmo para, em seguida, erguer-se, vomitá-las e amaldiçoá-las, uma vez que a louça estava sobre a pia e só ela mesma estava autorizada a dar conta de sua higienização.

"*Cada um que lave a sua roupa suja na lavanderia do Governo*", era o que recomendava o *slogan* do Supermonastério da Ração Social, quando organizava campanhas ethíycas e de vacinas obrigatórias. Pois foi justamente num desses aglomerados de crianças em fila que o... "menino" conhecera outra pessoa que viria a imiscuir-se definitivamente para sempre em sua vida. Nada de mais nada de menos que o Íyaponais (pronuncia-se "japonês") Nikata.

Nikata era um dos últimos espécimens dessa estirpe tradicional do Oeste, desviada da pangeléia nas primeiras movimentações da crosta crocante do meio do mundo, na Guerra Civil da Civilização Brasileira. Naquele momento, os Guarany-Puruníi, tronco master da etiníya, haviam se dividido entre Puruníis de Cabeça Redonda (ou brancóides), os Puruníis Africaníys (de beiço grande) e os Purunis Orientalíys (de olhos espremidos), que congregavam os Íyaponaises, coreíyanos e txailaindesíyes (praticamente extintos no Plano Teórico). Os Íyaponais, como os demais Orientalíys, preferiram se afastar da Pangeléia Brasileira por não estarem de acordo com seus dogmas, imagens e "Sistemas". Apesar disso, no entanto, eles copiavam tudo, reproduzindo exatamente a mesma porcaria de sociedade letal em suas ilhas suspensas em plataformas de ostras, sujeitas a derremotos e expedições vulcânicas.

Conhecendo tudo o que não pertencia à sua kultura desde o século das luíyzes, incluindo aí as técnicas azschtekas de abdução, Nikata havia abandonado sua terra natal num trem rápido fantasma, errando o caminho das índias nuas, adejando por mares nunca dantes navegados e terminando por naufragar nessas praias aterrorizantes. Fez-se de pescador em Borléu, de agricultor mirim nas encostas da Síyerra El Dorada e sobreviveu mesmo ao castigo no pau brazíyl (1.964 estocadas de sabugo num dos orifícios gasosos), apresentando-se ao Governo Nacional na Praça do Bel Lourinho, Bahíya, dizendo-se "estrangeiro perdido", mas com a leseira típica e dois pauzinhos pequeninos para toda obra.

Os Despachantes tinham algo a ver com isso, como em tudo, no caso da Civilização Brasileira, ainda que, como em tudo que é escuso, nada tenha sido esclarecido.

Absolvido por certificados carimbados, xerox autenticadas e firmas reconhecidas pelas novas politípicas de boa vizinhança, fora admitido naquela fronteíyra e descera outra vez, agora pelo Rio Xiccó, no vapor *Futríyca*, onde queimavam-se híyerbas aromáticas para enganar a fome e falavam mal uns dos outros sem parar. No centro da cidadela, Nikata desenvolveu negócios proibidos, como trocar pilha de relógio digital e comercializar produtos que funcionavam por poucas horas. Perseguido pelos Instituthos de consumidores, correra em desabalada verocidade, pulara o muro da USÉIBI onde "estudava" o... "menino", sendo admitido imediatamente. Não perguntem por quê, pois nem mesmo os Pobres da fila do Templo entendiam, havendo por bem entrar com um primeiro processo jurisdicional no TGV de Segunda Instância, depois no Congresso, na expectativa de que os politípicos, pelo menos, tomassem alguma providência a mais, já que os Tribunais do Governo Nacional não se moviam nos assentos de couro cru com botãozinho frisado no meio. A providência do Congresso foi reencaminhar lentamente mais uma cópia pirata dos fatos aos juízes ladrões do Supremo, pondo na conta do esquecimento os mais definitivos dos resultados esperados.

Com toda essa reputação acumulada, quando o... "menino" se aproximou sorrateiramente às costas do Íyaponais Nikata, este terminou por sentir seu arrepio ancestral, assobiando e gritando em pleno pátio: "Ói íh ô!" (do Guarany-Purunîi primevo "*o que é que é isso, o que é que é isso!*"). Era ao mesmo tempo uma dança ritual Purunîi homossexual, pois o estrangeiro pensava que se tratava de coisas de marinheiros de "muitas viagens". Era e não era, como tudo que não se entendia com clareza.

O... "menino", surpreso com algo que até então parecia perfeitamente legal e tolerado, abraçara Nikata à força (pela frente) e levara-o para a casa de Milâine, para apresentá-lo, fazer algum suhjíy ou, quem sabe, partilhar experiências emocionais.

Fora emocionante e trágico.

Emocionante porque a empatia foi imediata e trágico porque a empatia foi imediata. Essa semelhança de Estados de espírito em tudo tinha a ver com o coração voraz de Milâine, que por dentro da corcunda pensava coisa inomináveis, portanto indizíveis, a respeito das qualidades pessoais, sexuais e morais de Nikata, que a observava com uma mistura desbalanceada de interesse erótico e antropológico, nessa ordem.

O... "menino" atabalhoado e agora, nesse momento, enciumado, tentando ajudá-la a se expressar melhor, terminara por bater-lhe entre as omoplatas quatro vezes, arremessando a distância uma louça muito empolada, engasgada e importante, enviada por um antigüo museu de cera de arte moderna nórdica (muito moderna, suicida e cansada disso).

A súbita violência doméstica do... "Menino" chocou a paralítica..., isto é, a corcunda... quer dizer, a menina... Milâine, catholíyca femininíysta fervorosa, primeiro ficou sem ação e sem texto, depois (como é comum nessas circunstâncias trágicas de forte apelo emocional) deu-lhe as costas (simbolicamente) em desprezo. Tal peça fora avaliada em milhões de Nicolíys e, por força de uma série de contratos com letras minúsculas que assinara sem ler, era ela responsável por tudo o que acontecesse! Não que fosse de fato...

De fato o... "menino", despedaçado, esnobado e desimpedido, com lágrimas salgadas empoeirando os olhos, saiu correndo da menina... da garota... ou já seria uma mulher?

Ele se preparava para um novo estágio não remunerado em sua existência!

De longe ele chamou seu coleguinha estrangeiro e mal desconhecido de lado, pedindo-lhe por tudo o que era mais secreto nos livrinhos sagrados de auto-ajuda daquele mundo neo-realista, que o íyaponais amparasse Milâine no inverno de sua ausência...

Não houve tempo de contraditórios, nem Nikata os apreciava...

...só um: *"se ele estava entendendo, o... 'outro' estava 'deixando' a mulher com ele?"*

Houve confirmação...

Mais um só: *"...e se 'algo' pessoal ou sexual adviesse? Que viesse, uma vez que ambos, realistas existencialíystas, não acreditavam em surpresas?"*

Houve, não se sabe, se uma nova confirmação ou o contrário. Parecia até mais ambigüo do que o necessário. Essas piores expectativas ficaram no ar e por força de todas essas dúvidas malcheirosas Nikata bateu a porta no nariz da cara do... "menino", que por sua vez cerrou a matrícula no Templo e partiu de forma inequívoca para o Deserto...

Parte do meio:

P. M.

(Um novo conceito em refrigerador de última geração brota do Deserto)

O DCRD, Deserto dos Cursos Rápidos e Despachantes, era um equívoco recentemente reconhecido pela HUMESCUS como TNPH2, Terra de Ninguém do Patrimônio Histórico da Humanidade. Formara-se sobre os escombros do restolho que sobrou de uma pequena porção de charco pantanoso, estéril e derrumbrozo, sujeito a deslizamentos e terremotos repentinos, fartamente habitado por pós-doutores banidos do "Sistema" e indiferenciados por sua classe social de origem, ao final da Guerra Civil da Civilização Brasileira. Naquela época, a elite Rica e vitoriosa sabia muito mal como e onde integrar certos conhecimentos sofisticados feito "justiça", "repressão" e "trabalho" às atividades lícitas e ilícitas dos Estados Nacionais, achando por bem e via das dúvidas, fichá-los nas bilheterias da alfândega e excluí-los para todo o sempre definitivamente dos negócios escusos que sustentavam as bases estruturais do Governo Nacional.

Os Despachantes eram portugaíyses hereditários, recebendo seus cartórios e velórios para atestados de óbito em longuíssimas disputas jurisdicionais, quando tinham que provar serem filhos de uns e outros, ao contrário do que o Governo imaginava ou pretendia. Era em tudo uma vida fácil, como a dos traficantes de "influenza", embora não corressem pelos mesmos riscos ou carreiras em pó solúvel.

As coisas só melhoravam pouco antes de sua deportação, quando começaram a pagar as sentenças à vista, não mais a prestações, deixando de dar calote aos poucos, mas de uma vez. O acórdão jurisdicional, no entanto, já havia sido feito pelos líderes fuehribundos do Congresso e a classe sindicalizada acabou por ser demitida dos negócios do Estado. De mais a mais, o Governo transferia para si a burocracíya, de forma que quem quisesse pagar por um atestado não precisava mais ficar em muitas filas, mas numa única, longa, tediosa e insuportável, pagando o Governo por fora, pois essas despesas não continham tributação de taxas e demais impostos.

Os pós-doutores viviam numa simbiose incomum com os Despachantes, uma vez que uns entravam com capital social e outros com moedas podres, ou Pobres, pois faltavam recursos para todos. De toda maneira, os pós-doutores apreciavam os carimbos que os Despachantes lhes pregavam, do mesmo modo que os "homens dos despachos", como eram conhecidos pelos demais pais-de-santo, asseguravam um certo realismo socializante às teses aprovadas.

Os pós-doutores detentores desses saberes censurados eram os únicos visados, uma vez que os graduandos, graduados, mestres, bedéis, donos de cantina, faxineiras, secretárias, Agentes "Secretos", íyerarcas e demais representantes do corpus discente e docente dos Templos Educacionais haviam se aliado aos diversos operadores das Bolsas Públicas, renegando o que achavam inútil por ações visadas ao portador.

Ou porque divulgassem uma verdade controversa e insignificante; ou porque herdassem a obrigação de saber antes da vontade de poder; ou porque fossem fracos de matemática ou da cabeça, dando corda desmedida às imaginações; ou porque se confrontassem com incertezas; ou porque se conformassem em corporações paralisantes dentro da burocracíya das Academíyas, entravando-as de aposentadorias escandalosas; ou porque reclamassem do trato nas filas dos transplantes; ou porque exigiam acesso aos arquivos mortos em vida; ou porque haviam enchido o saco do Governo Nacional com os discursos irados de suas teses Ph.D. *Nota 10* obtidas na calada das bibliotecas e por "influenza" dos inimigos; ou simplesmente porque fossem *Dandíys Flanadores Sausserianos,* esses intelectuaíys devagavam livremente a esmo, esmolando, esnobando, arranhando, beliscando, passando a mão mesmo ou mesmo até abordando com algumas inconveniências ethíycas (exibição de peníys e vaginae), implorando por quem se indignasse a saber da própria ignorância estruturada.

A vida desses banidos, a partir do Atho Institucional de sua extraordinariação e expatronirzação, se configurava como uma hesitação eterna entre uma cruz de pedra fria e uma caldeirinha metálica de água fervendo. Explica-se: perdiam seus direitos da água para os vinhos a olhos vistos! A "Travessia para o DCRD", ou simplesmente "Travessia para o Deserto", representava uma verdadeira saga épica contra os piores dos maus elementos, envolvendo tiroteiros, pedágios, selos, perseguições, xerox autenticadas, firmas reconhecidas, atestados vencidos, laudos forjados, documentos falsos e habilidade suficiente para cruzar um rio leníyñista, bêbado e caudaloso, destemperado e salgado.

Não se tratava de um mar, que ficava mais distante e mais Pacífico a cada dia que os íyaponaises eram dizimados aos milhões defendendo minúsculas ilhas de arroz azedo sujeitas à inundação. Naquela época, duas dentre as maiores Prefeituras Fundamentalistas, Heurogina e Nadazaqui, haviam-se bombardeado mutuamente até a exaustão de todas as ilusões, de forma que, vazias de suas tradições conservadoras, terminassem por se reerguer das ruínas que cavaram a partir de uma pauta mínima de compromissos e crendices, onde Deus aparecia como samurai lascivo e o venerando imperador como uma gueixa anorexíyca. Assinaram esse pacto de Guerra declarada e começaram a disputar quem copiava melhor a nanotecnologia alheia, num esforço industrioso de repetição realista muito pelo ao contrário de suas gigantescas vocações messiânicas e nacionalistas. Os Despachantes envolvidos ainda se lembravam dos impactos dos projéteis de Lei e em pouco tempo haviam se transformado nos maiores fornecedores de pequenos equipamentos que quebravam rápido de todo o planeta, provocando a maior insatisfação entre ambos produtores, publicistas e consumidores capitanistas da Frente Rústica e dos Estados Suínos, que viam nessa concorrência direta uma ameaça latente ao sistema de livre concorrência internacional da Civilização Brasileira, então privatizada e domesticada em mensagens cifradas de mulheres inteiramente nuas e poetas/diplomatas/funcionários Públicos de uísque em punho com música Bosta Noiva.

Que esses orientalíys do Íyapon fossem incompreensíveis e portanto desconfiáveis, os cursos dos Templos Educacionais dos Estados Suínos já haviam divulgado amplamente e em primeira mão, construindo lá os seus clubes de campos de concentração. O próprio Menino também percebera na carne magra de sua amada, ultrajada pelos dedos engordurados de Tempuráh e pela reputação cheia de processos jurisdicionais por pirataria do íyaponais Nikata. (Em tempo: o...“menino”, assim que tomara a decisão de partir para o DCRD, perdera misticamente as reticências e as aspas de seu nome, ganhando uma **M**aiúscula assertiva de um momento para outro!)

A “Travessia do Deserto”, portanto, era mais como um rito de passagem por este “não-mar”, um braço de lago cujo berço vulcânico sofria de pressão alta, perdendo a paciência e transbordando de gases e pó branco hilariante a todo momento. Muitos dos primeiros Despachantes e pós-doutores banidos pelo “Sistema” acabavam morrendo de rir, cheirando sem parar aquele ar viciado de gracejos. Os que encontravam um sentido mais sério para aquilo tudo tinham pouco tempo para pensar no meio de transporte com o qual realizar tal trajetória intelectual danosa, pois tão logo os Agentes do SCI e os membros hirtos da PF lhe fechavam a porta da muralha da cidadela às suas costas, aproximava-se uma onda de sereias cantando seus estudos antropológicos assustados, marotos e cobertos de salamaleques salíneos, buscando vigiar, mumificar e punir sua nova vítima. Quanto aos Despachantes, supriam suas carências academíycas através de diversos formulários, preenchidos três vezes ao dia, de oito em oito horas, com o estômago cheio.

Os Despachantes e pós-doutores enjoados, expelidos, cientes e temerosos desse envolvimento lacustre e salustre, lançavam-se em barcos de vela furada com fundo falso, divulgando planilhas Excelíy e teorias desestruturalistas que só permaneciam à superfície por serem de matéria fecal seca (os dandíys sausserianos da Academíya do Governo Nacional já haviam entrado com diversos processos jurisdicionais por plágio da cópia desse esterco todo).

Havia os que verdadeiramente embarcavam no que não tinham em tíquetes de embarque falsos em balsas nórdicas de dez andares, blindadas e climatizadas, que afundavam cheias de carros importados, patos com laranja e escravas brancas ouvindo pollonaíyeses. Havia dentre os desesperados aqueles sem qualquer expectativa, os que se metiam em trens subversivos subterrâneos de *ashitprop* ouvindo as mais chatas das lengalengas comunionistas.

Os cegos, surdos e esfomeados de conhecimento pilotavam sem carteira de habilitação adequada e sem dar ouvidos a ninguém os inúmeros veículos anfíbios esquecidos nas praias de N´ohmarra, quando das batalhas Normandas da Guerra Civil da Civilização Brasileira, batendo cabeça uns nos outros em pleno "não-mar" aberto, pois os motores tinham se molhado e engasgado com água saloubra! Alguns eram capazes de se entapar até mesmo dentro de barris de petróleo seco, arremessados com gosto pela elite Rica nesse braço aquoso de dejetos que, se houvesse, a deus pertenceria...

... esse, aliás, foi o meio de transporte utilizado pelo Menino.

Não fora fácil.

Nem rápido!

Aliás, demorara perto de muito tempo!!

Muitíssimo mesmo!!!

O fato é que ele perdera todo esse muito demais de tempo explicando aos Agentes da Alfândega por que queria ser banido...

"*Ninguém quer ser banido*", era o lema da Alfândega e por isso mesmo lhe acusavam disso e de má-educação ou simplesmente de "analfobetismo", um tipo de burrice cheio de pressa que se cura com certas híyerbas aromáticas. Tais funcionários Públicos eram aqueles cujos paletós, mal acostumados, tinham permanecido com as mangas duras inquiridoras em riste, voltadas na direção do nosso personagem exemplar (*os editores deste romance-reportagem informam: todo personagem é exemplar, por mais incompreensível que pareça, e talvez até mesmo por isso*). O Menino, torturado em diversos interrogatórios sucessivos por pastores alemães hidrófobos, delegados do Monastério da Razienda, professoras de aeróbica e choques elétricos, não tinha outra desculpa esfarrapada, a não ser alegar sua verdadeira desilusão amorosa.

Acontece que, nos interstícios do "Sistema", os íyaponaises até poderiam ser tolerados pelo que produziam de escárnio na cidadela, com seus sujíys butólicos, prostitutas boazinhas, frutas cristalizadas e histórias em quadrinhos de exemplos sanguinários, mas daí a ter-se a própria mulher escolhida envolvida nas trapaças de seus kamashutras, chíyupacabras e negociatas era considerado ofensa moral grave até mesmo por aqueles policiais trapaceiros e sem nenhum caráter!

O Menino, humilhado pelo sarcasmo Oficial dos Agentes, bem como oprimido com marcas indeléveis na testa, nos lábios, nos testículos e nos demais órgãos sexuais, foi liberado para extraordição e expatrornização, sendo mandado embora imediatamente em seguida, causando-lhe dor nos fundilíyos, puíymento da calça à altura dos joelhos e enorme repulsa para a Alfândega do Governo Nacional o simples fato de que naquele lugar imprevisto pelo Plano Teórico houvesse podido permanecer um menor um segundo que fosse em primeiro lugar, quando mais duas ou três semanas tomando paulada, cacetada e sopinha rala de canudinho, como aquele carente havia permanecido de farto.

Toda essa intolerância kultural do pós-Guerra se devia a que aqueles cautelosos que ganhavam algumas batalhas imediatamente bebiam toda a bebida, comiam toda a comida, estupravam todas as mulheres e destruíam todas as casas de campo minado do caminho, reconstruindo todas outras proles e residências todas de alto padrão em seus lugares. Toda essa tolice terminou por colocar uma pulga vampiresca atrás das orelhas desses jovens bastardos, que se coçavam nas partes baixas e armavam altas revoltas contra os pais, verdadeiros ou falsos, emitindo uma música barulhenta e penetrante, expondo ostensiva e horrorosamente o câncer do tempo (*os editores deste romance-reportagem informam outra vez: estamos pensando em lançar um CD com todos esses* singles).

Alguns haviam, simplesmente, perdido a memória, atingidos por estilhaços nos bulpos cerbelais, como o pai do Menino; outros se faziam de ignorantes, pois viam mais vantagem na preguiça de não saber do que arregaçar as mangas da inteligência a fim de encontrar uma respostinha que fosse... e havia, por fim, os que não se adaptavam às regras do jogo jogado por dentro das muralhas da cidadela, com seus instrutores de gramáticas, traficantes de "influenza", música Bosta Noiva, juízes ladrões a torto e a direto, construtores de paraísos socialistas que davam calote ou desmoronavam, sindicatos de patrões, academíyas de escritores, bolsas de estudo recheadas de arrogância, leis estupendas e estúpidas, criadores de cavalo que desviavam a merenda de potros inocentes, psicanagistas cheios de segredos fálhicos, além dos lamentáveis advogados honestos...

De um modo ou de outro, o fato era que para poder chegar a algum lugar seria preciso partir de determinado ponto, o que mesmo um Menino imaturo como aquele sabia muito bem. Pois bem, por mal e mal ele arranjou um barril de petróleo abandonado, pagando 12 Nicolíys à mendiga idosa que vivia dentro do barril e retirando-a do local. Em seguida, meteu-se no invólucro, solicitou à mendiga idosa que o selasse com cuspe e que o atirasse à "correnteza dessa vida", para sua maior viagem de ida para algum lugar de todos os tempos!

Nunca viajara antes, tendo, no máximo, fugido por alguns dias dos credores dos seus Pais antepassados e mortos. Órfão, em posição fecal e fetal, o Menino, no entretanto desse percurso escuro, úmido e nauseabundo, sentia que o trânsito era praticamente insuportável na "correnteza dessa vida" (do Guarany-Puruníi, "via cava"). Diz-se "praticamente" porque, em teoria, o Plano Teórico previra um alto índice de rejeição de suas próprias diretrizes venais. O Menino sentira-se abalroar, abater e atrapar com uma série de naves, corpos e dejetos de imundície à superfície. Todos precisavam do ar que se respirava, mesmo naquela época, para fermentar que fosse e até porque, por sua agitação sob a forma de ventos da mudança, empurrava todos para o mesmo lado... O de lá.

Assim estava o percurso no mar rebulozo pois que se acrescera de grandes contigentes de balseiros, barqueiros, intelectuaíys marmiteiros, surfistas maconheiros e barrizeiros que fugavam para o lado oposto, na ânsia por míyragens nunca dantes navegadas em seus paraísos fiscais. Foram meses que pareceram segundos. O Menino, conformado com o corpo enrolado, sonhou repetidamente com uma casca de ovo de codorna e baterias solares. Ainda não podia conceber a síntese dessas mensagens simbólicas de seu inconsciente em benefício de sua própria originalidade e assim deixou-se fluir na ignorância geral da "correnteza dessa vida" que o levava, e a todos os outros, na direção do tão esperado Deserto dos Cursos Rápidos e Despachantes...

Naquela época, havia gosto para tudo e num Deserto daquele porte havia todo tipo de informação e embromação censurada à disposição de quem ousasse viver num terreno infértil e pantanoso, cheio de vermeers falsos, microbíyos fardados e híyerbas daniñas. Por essas e mais algumas outras, todos os Despachantes e pós-doutores dali andavam armados: quer fosse de uma escopeta de cano serrado para fazer o maior estrago, quer de uma fonte bibliographíyca ou de um papel de protocolo, quer de uma ficha de inscrição ou de um aforismo brilhante; de forma a ter o que jogar na cara uns dos outros quando se encontrassem e disputassem a atenção da platéia em torno, que por sua vez fazia de tudo para disputar a atenção dos seus que queriam a atenção de todos os outros (Ref.: SGVSW, ou "sete graus vaidosos de separação wahrollíyana").

Os pós-doutores viviam muito mal e porcamente, em tíyendas de campanha oferecidas pelos pastores proselitistas da Cruíyz Rorra, sem luz ou esgoto encanado, obrigando uns e outros a chafurdar em pradarias, pratarias, padarias e valetas em busca do pão e água potável do dia-a-dia. Era sob aquelas construções mal batidas pelo vento norte que esses intelectuaíys marcados e fichados emitiam seus conhecimentos, falando diretamente ao ouvido do invitado, desde que houvesse pago. Os Despachantes lhes viabilizavam aberturas de empresas relâmpagos, que deixavam de existir como se nunca houvessem à menor fiscalização, transferindo em tumulto as contas chaveadas para os bancos de praça Públicos da Suitzíya.

As razões alegadas pelos arquitetos comunionistas para essa crise em tudo habitacional eram as mais estúpidas, técnicas e atéias possíveis, afirmando, por exemplo, que a areia de tal região era imprópria para construção civil e militar...

Não era um mar de rosas...

Aliás, era um Deserto e mar que era bom só mesmo nas míyragens (que, aliás e em tempo, significa, do Guarany-Puruníi, "mamãe eu quero!"). Havia, por exemplo, a míyragem de um país devedor e civilizado que sonhava ter relações de caráter homossexual explícito com um jogador de futebol gordo, travestido de apresentadora loira de TV da Força Maíyllor (subsidiária hispaníyca da TV da Força Maior, em Miamíy). Havia igualmente uma miragem de outra civilização jovem, espancada por discursos editoriais umbandistas protestantes e comerciais de cerveja com silicone. Havia uma de um clube de campo de concentração, onde os sionionistas tiravam leite de porca kasher pelos pêniys dos palestiníycos extáticos. Noutra, as pessoas aprendiam a dizer não. Havia as de caráter esoteérico e feérico, forjadas nos livrinhos sagrados de auto-ajuda mais anarquistas. Havia terroristas Rumanos aposentados e cientistas da Serva Kloaka prontos a vender a grande coisa de sua tecnologia nuclear. Havia um pouco de tudo, desde polvos e sardinhas fritas na brasa até a mais recente solução em termos de pilhas de combustível à base de cerâmica protonica, com potências de saída da ordem de 250 a 300 qüilowatts, capazes de prover células de combustível de hidrogênio nas situações marcianas mais malucas!

Mareado e esgotado pela longa viagem nesse Mar de Lama Vermelho, o Menino terminara por chegar ao caos do porto enjoado e enjoando onde quer que encostasse e amarrasse o seu burro, ou barril, como queiram... Por força desse comportamento esquivo e schiafinno, ele acabou evitando ter o mesmo destino dos outros recém-chegados, seqüestrados por piratas burgueses e taxistas shíytas, mesmo que não tivessem como pagar as corridas, o que provocava muitas mortes no tráfego e cansava a paciência de todos os traficantes envolvidos, tivessem ou não dinheiro, pois a Polícia não lhes dava uma trégua sem porcentagem. Havia o envolvimento de certos publicistas fascistas iltanianos nessas escarafuças contábeis, mas os Despachantes deram um jeito de sumir com todos.

A idéia do que ia suceder para sempre em sua vida apareceu numa série de flashes desconéxicos, como num filme mal escrito, mal filmado, mal atuado, mal fotografado, mal montado, mal finalizado e mal olhado por um mesmo autor de renome internacional no Cinema Oficial. Deu-se num dia de fome extrema, quando o Menino enfraquecido procurava algo para comer numa granja da franja da terra sem grades de ferro... de modo que pudesse alcançar alguns ovos galados de codorna para saciar a sua sede de proteíynas... quando viu... na vitrine de tal estabelecimento comercial... num pedaço de revista antigüa... um comercial... de uma geladeira... os ovos galados sobre essa embalagem... e... mais adiante... bem ao fundo... entre moscas... eletrocutadas... mortas... o gerador de partida da lâmpada fria que iluminava sua face hirsuta!!!

Estava ali!!

Formava-se o conceito!

Como não havia pensado nessa solução antes!

Se não se sentia bem como era, que mudasse!!

Se não podia mudar, que permanecesse bem guardado em sua mesmice!!!

Parecia óbvio, mas o óbvio só é parecido com isso mesmo quando o nomeamos sem hesitação, automaticamente, como querem os Agentes do SCI e os psicanagistas:

Assim, sob a forma de um pensamento sausseríyano, lhe ocorrera a magia de um *in sightíy*: já que se sentia fraco e desacompanhado mesmo no Deserto de todas aquelas exigências burocrátíycas e cursos insignificantes e/ou de altíssima tecnologia informática; já que sua experiência de vida se resumia a essa falta de noção do que fossem limites, conteúdo e continentes; que desde que nascera esfaqueado sentia aquele frio profundo batendo em sua caveira; que os barulhos de seus pensamentos faziam eco nas suas têmporas; que sentia a vastidão do espaço como uma ofensa, um desafio sem sentido; que se deitava sob as cobertas, puxando-as até os ouvidos na ONG *Deus Dará*; que havia muitos fantasmas em sua família e aquilo, de algum modo, os mantinha afastados; que talvez não passasse de um bosta; que invejava as armaduras dos cavaleiros, os tanques de Guerra, as roupas de astronauta e até mesmo os ponchos bolivianos, com sua promessa de conforto e proteção; que a falta de maior proteção o expunha à sanha das ordens do progresso e dos amigos inimigos a espancá-lo com palavras e gestos... e que isso era como ter toda a extensão do corpo... desprovida de pele... e a carne... viva... ficava gritando! Já que aquilo de nada servia, utilizaria sua desprezível experiência restante, aquela que pretendia jogar fora naquele instante, para arremessá-la mais adiante e além!

E, como um super-herói só pode existir com um figurino ou equipamento muito específico, nosso Menino personagem desenvolveria uma máquina protetora tão egoísta quanto todas as outras, mas destinada a proteger-lhe de tudo e de todos, permitindo-lhe desenvolver uma obra única, especial e revolucionária!

Um eletrodoméstico sob medida!
Sua própria Geladeira!!!

Não que gostasse de comer demais ou armazenar o que quer que fosse. Queria, por um lado, cozinhar em banho-maria algumas questões e, logo pelo outro, congelar outros problemas, mas, como a tarefa era difícil, escolheu preservar a si mesmo dos conflitos exteriores, o que só conseguiria com algumas guias de importação falsas, complexa engenharia de materiais e tecnologia alternativa para geração de energia, bem como de métodos sofisticados de reciclagem de dejetos.

Começou no dia seguinte ao amanhecer, pois era segunda-feira, dia de trabalho chato, poucas mortes no trânsito e o comércio tinha ficado aberto no final de semana, por 24 e mais 24 horas corridas. Os Despachantes previam filas mais curtas, já que no sábado ultrapassado as senhas inúteis haviam sido totalmente vendidas.

Logo após a Guërra Civil da Civilização Brasileira, o comércio havia sido banido em bloco pelo "Sistema", que preferira a indústria alimentícia, do petróleo e os conglomerados financeiros, emigrando repentinamente milhares de Thrucos Ostromandos para o Deserto dos Cursos, onde, com alvarás maquiados fornecidos pelos Despachantes, construíam praças de alimentação com refeições de colesterol ruim e castelos de areia que sumiam à primeira tempestade, deixando o *costumer service* acéfalho e muitos clientes sem o sanduíche gorduroso pelo qual haviam pago instantes antes.

O Menino também não tinha um tostão pois os seus últimos Nicolíys tinham ficado com a mendiga idosa que lhe vendera o meio de transporte barrilozo. Essa mulher certamente já estaria morta, pois desprotegera-se por dinheiro certo e, por certo, fora engolida pela força gosmenta das marés na muralha da cidadela, com certeza. Vivia aquele Menino de pequenos furtos ovíparos e de restos de restaurantes argentínyos radicais. As Parrillas Fundamentalistas haviam se instalado em kioskos oscuros dessas praças de alimentação do Deserto na última crise das maçãs, o que datava bem da década de 76, um conhecido mau momento do exército no Gobierno.

Por isso só restava ao Menino só tentar só o que tinha e, pensando bem, só tinha apenas o que tinha decorado só nos sofás dos Templos Educacionais (ele era muito solitário!).

Isso datava da mesma época que o levou a lembrar dos ensinąmentos de Milâine, quando ainda dispunha de sua companhia e estavam de bem bom. Tratou de pôr em prática alguns rituais azschtekas, visando sugar diversos pós-doutores pelas costas sem que eles percebessem, enquanto estivessem dando palestras e cursos de verão em suas tíyendas. Acontece que aqueles rituais só funcionavam com os membros da cidadela interna às muralhas, devidamente domesticados na produção de bens de capital aberto para as bolsas de valores simbólicos do "Sistema". Aqueles intelectuaíys banidos, bastardos, panfletários e mercenários não forneciam o conhecimento que tinham batalhado sem dinheiro, única e exclusivamente dinheiro e nenhuma das espécies de pagas sexuais da tradição milâinar, ou milenar, de forma que só restava ao Menino se prestar aos piores expedientes para obter tais recursos financeiros. Assim ele o fez num instante, depois de pensar muito, pois não via mais empecilho insolúvel que o afastasse de sua mania de isolamento integral. Pelo outro lado, os Despachantes garantiam que dariam um jeito para tudo, desde que se acertassem as comissões dos juízes ladrões nas sentenaças carimbadas.

O melhor desses subterfúgios surpreendentes, por ser o mais rentável, foi a aproximação azschteka voltada para os cavalos. Sim, porque no Deserto dos Cursos Rápidos e Despachantes a energia desse ritual, segundo uma página do livrinho sagrado de auto-ajuda colada desde a gráfica e que o Menino ainda não lera direito, tinha o poder de revelar as predisposições animalescas mais profundas sobre a vitória ou o fracasso. Munido dessa típica tip, o Menino fora ao *Jóquei Club In The Fields*, onde podia perceber, por aproximação lateral, aqueles cavalos que desejavam perder e o único que não pensava dessa forma, provavelmente vindo a ser o vencedor. Bastava ao Menino colocar-se atrás dos esqüestres excitados e ouvir-lhes a barrigada, de forma a identificar aquele ventre que ganharia o páreo. Muito desse trabalho era sujo, pois implicava aliar-se visceralmente ao animal vitorioso, recorrendo suas entranhas púlvidas em busca de respostas. Mesmo Pobre e confiante, o Menino meteu os pés pelas mãos e conseguiu tomar dinheiro emprestado de uma cooperativa aislada de pós-doutores do PSP, Paraguaíyos sem Parrilla. Antevendo os resultados dos páreos, apostou na certa em todos eles por vários finais de semana até que se desconfiasse de alguma coisa errada, o que havia, de certo modo... mas no final de um determinado mês de agosto tinha, com certeza, todos os inúmeros salários de que precisava para comprar, objetar, sujeitar, subornar, descartar e prostituir quem quer que fosse para a sua causa tecnológica definitiva. Os Despachantes imediatamente mandaram um documento timbrado à Receíyta, alegando que o Menino havia desde sempre sido Rico e pedindo isenção de taxas e demais impostos que adviriam dessas iniciativas.

O Menino nunca mais devolveu o dinheiro que tomara, nem o que comera na Parrilla daqueles que haviam lhe emprestado alguns pães embebidos em molhos de churrasco e trocados adiantados em sua campanha de arrecadação de cheques sem fundos; ficou o maldito pelo bem-dito e todos se sentiram abençoados por participar de uma parceria "às pampas" como aquela, que ao fim e ao cabo só serviria ao paladar de uma das partes, mesmo que todos pudessem fazer seus descontos saborosos nas taxas dos demais impostos de renda.

Com as mínimas proteínas e os máximos recursos financeiros, ele freqüentou as tíyendas necessárias, nenhuma a mais nenhuma a menos, oferecendo seu protótipo desenhado à mão numa folha de pão, o que desenvolvera habilmente entre os páreos animados, vendo sua fortuna crescer por força daquela química mística com os jogos de azar.

O croquis, posteriormente uma maqueta e por fim la cousa pronta, apresentava em tudo a aparência de uma Geladeira, mas aí estava, apesar de nada, o gênio daquele Menino, já que havia sim algumas modificações substanciais no conceito deste tipo de equipamento. Como se sabe, o conceito deste tipo de equipamento envolve expansão e contração de gases frios e quentes, o que permitiu a um Menino intestino como aquele logo tomar ciência e se encher das vaporosas frescuras alternadas.

Segundo o manual dos Despachantes e conforme certos paradoxos físico-químicos que os pós-doutores banidos advogavam em causa própria, quando se é pequeno o tempo se agiganta insuportavelmente, de forma que pagando altas mensalidades por uma ou duas horas de conversa nas tíyendas e ainda tendo muito por gastar, o Menino descobriu que o eletrodoméstico poderia simplesmente ser pensado como uma caixa de paredes isolantes, dotada da propriedade de retirar energia dos corpos em seu interior e transferi-la para o exterior da mesma caixa metálica, o que, em si, era a própria definição de sua proposta refrigeradora autocentrada. Todos os compartimentos do interior daquele dispositivo de proteção mantinham suas aparentes inutilidades originais: congelador, forminhas de dois andares, área de laticínios com tampa, porta-ovos, prateleira porta-latas, separadores de garrafa que evitavam tombamento, prateleiras removíveis em acrílico leitoso, gavetão independente para legumes e peixes, bandeja para vinhos tintos, brancos e cor-de-rosa, além de um *design* inovador e capa de couro legítimo para os documentos dos Despachantes do seguro. Apresentava igualmente a mesma capacidade de contenção (750 litros) que o modelo Gelotheck esquecido no terreno baldio, cujo cadáver acomodado confortavelmente não abandonava a mente visionária da criança. O device devia ser irrigado por um conjunto de cânulas, onde o fluidos frigoríficos eram agitados por um motor/ventilador, substituído por uma pilha de combustível de óxido sólido, com potência de saída de 110 quilowats. Com um rendimento em torno de 78 por cento de cogeração, o dispositivo seria responsabilizado pela descarga elétrica necessária para a partição dos átomos de hidrogênio duplo, que tinham um comportamento erótico fácil, mas demandavam um eletrochoque muito poderoso para se desengatar cromossomicamente uns dos outros, gerando ruídos orgasmosos e a energia necessária, além de obter, como subproduto, água mole e morna, igualmente crucial para a sobrevivência, mesmo num Deserto ignominioso de saberes como o DCRD.

A SOFC, Solid Oxid Fuel Cell, obtida a baixo preço pelo Menino, era refugo de um protótipo da Forth Motor

Company, desenvolvido por quatro *experts* sábios canadeneses velhíssimos do Projeto Egostar. No Deserto, eles se aproveitavam para se abrigar numa tíyenda da NASA do B, National Aeronautics and Space Administration do Brasil, um grupamento terrorista altamente preparado, cujos membros queriam ser astronautas mas eram pobres ou covardes demais para tanto. Ficavam ali falando de suas vontades para as paredes de lona, o que, na prática, permitia ao Menino ouvir tudo através das mais diversas tramas têxteis, obtendo a sua maioridade e Ph.D. *Nota 10* em TEO, Teoria Extra-oficial (por fora e por baixo do Plano Teórico, com aval dos Despachantes).

Foram esses quatro velhos sábios canadenses (Claude Goddard, Renée Magrice, Matinée e Soirée) que, aos poucos e com muitos custos, eliminaram os diversos problemas que os leitores mais aborrecidos provocavam nos escritores e inventores, com suas constantes exigências de sentido. Inventaram muito, de forma que transcenderam as críticas academíycas e o rigor terráqueo, chegando à ciência mais pura e à nouvelle vague mais ingênua de todo o Universo em Desencanto.

Dentre as demais modificações na estrutura do aparelho do Menino estavam: construção da caixa externa com treliças metálicas à base de um composto de carbono-carbono e alumínio mumificado, permitindo alta performance, rigidez e leveza; cápsulas de purificação de hidróxido de lítio, que removiam os gases venenosos da respiração e da digestão, introduzindo perfume de jasmim através de sachês de saquinhos de chá, pendurados estrategicamente no teto; forno de microondas invertido com célula de combustível própria (do tipo RFC, *Regenerative Fuel Cell*), promovendo o rearranjo molecular das fezes e transformando-as em apetitosas refeições de bandeja de avião; ao lado desse componente, sob o cóccix do piloto e servindo de apoio para ele, um fabuloso banco de puro couro de avestruz com adereços metálicos, desenvolvido segundo todos os padrões conhecidos e desconhecidos em ergonometria. Ali, tudo descansava à exaustão! Movido a pilha de césio, esse item expelia movimentos peristálticos, de modo a forçar o sangue do piloto para a cabeça, pois ficar sentado o tempo todo pode dar variziýs e culíyosidades. Como aquisição adicional, a epiderme do referido piloto ficava fosforescente durante o uso indiscriminado da radiação, emitindo os lumens requeridos no clareamento interno e externo. O sistema autolimpante de higiene seria feito através de uma pia de vácuo, onde o que não estava sujo nem era lavado, pois era um vácuo, um éter, um nada disso. Os Despachantes, que entendiam tudo disso, produziram a documentação necessária e deram garantias. Simuladores de microgravidade, em consonância com pneus radiais minúsculos e rodinhas de magnésio cromado muito bonitas e cheias de penduricalhos, foram instalados por todos os seis lados da caixa cúbica, dotando o veículo até então quadrado e parado de um centro de gravidade múltiplo, permitindo qualquer movimento em termos de avanços, retrocessos e cambalhotas para cima, para baixo ou para os lados, sem provocar as temíveis seqüelas de enjôo ou bucho virado no condutor.

Em todas as épocas da Civilização Brasileira, a vida de todos nós é afetada por Geladeiras, quer queiramos, quer não, embora muitos, por não poderem possuí-las, desconheçam suas potencialidades. Tratava-se, naquela época, de um produto integrado ao ambiente, em cujo projeto original se previam muitos conhecimentos constituídos ao longo dos séculos, como tirar o ar excessivo de tupperwares, lavar bem certas frutas e ensacar verduras sem amassar as folhagens que se derramavam, sob pena de podridão. Para domar o eletrodoméstico, como convinha a quem tinha obtido tudo nos cavalinhos do *Jóquei Club In The Fields*, o Menino simulou fechar-se para sempre dentro de sua cápsula cubista inúmeras vezes, sendo acometido por clássicos surtos de pequenofobia, advindas desses contextos. Preparou-se lentamente, com aulas de antigüas íyôugas puruníis, obtendo diversos certificados dos Despachantes com as menores taxas de impostos por movimento bancário ou respiração anasalada, mesmo quando era fustigado com penas perenes nas dobradiças das cócegas. Como apoio, solicitou e obteve imediatamente uma série de palestras financiadas nas tíyendas de astronautas chiníyeses, expulsos de seus velhos partidos staliníystas quando da famosa e danosa RK, Revolução Kultural, submetendo-se a todos os testes de passar fome, sede, frio, segurar xixi, cocô e espirro que pôde agüentar. Diante do Menino, na porta que se fecharia para a realidade de todas as épocas, um conjunto de botões, visores, computadores, *racks*, espaços arredondados para tubos de *milk shake*, doces, manivelas, volante, pedais e manoplas, muito ao feitio desses geniozinhos que acham que podem controlar tudo de onde estiverem brincando sentados...

Podem?

Era assim.

Assim, como uma assinatura, como uma cerejinha no bolo de cumpleaños e, num ato de coragem sem precedentes, o Menino substituiu a porta da frente do novo conceito em refrigerador de última geração por uma tela de cristal líquido blindado, onde podia ver tudo o que se passava lá fora, além do console de controles, com a vantagem de emitir míyragens em Trêisdê do próprio equipamento, confundindo-o com uma reles geladeira de refrigerantes comum, um confessionário fechado ou um carrinho de pipoca de assento retrátil.

Tendo obtido o que queria, tendo sido avalizado e auferido em todas as sabedorias muito necessárias e muito bem pagas do Deserto dos Cursos Rápidos e Despachantes, estava perto da falência, como seus antepassados. Agora, a questão era saber o que fazer de tudo aquilo, se é que se podia ou se devia fazer alguma coisa... Num Deserto tudo era menos fácil, pois as míyragens se avolumolavam e se acumulolavam de manias lisérgicas e tradições desfocadas...

O que ele construíra era tudo verdadeiro ou falso?

Era nada puro ou enganoso?
E se fosse amargo, enjoativo ou gostoso?
E se fosse uma fria?
Uma friagem?
Isso é poesia?

O que adianta realizar algo engenioso se ficamos trancados por dentro das metalinguagens de nós mesmos?

Segunda parte:

D. G.

(Depois da Geladeira)

Era necessário fazer alguma coisa, qualquer coisa que se fosse fazer, coisa alguma, qualquer coisa alguma que fosse, sob pena dessa novela interminável ficar parada e esgotada, dando prejuízos a todos os envolvidos no processo de produção gráfica de conhecimento *(incluindo os editores deste romance-reportagem, então inédito)*. Assim foi feito pelo Menino, que não refugava seu papel de personagem central desta trama dramática. E como uma narrativa só se torna universal depois de chafurdar na pequenez de um minúsculo fenômeno kultural local específico, a tarefa de rechear aquele Deserto de propostas concretas tomou forma na nova mente fechada do Menino Trancado na Geladeira. Porque ele havia se trancado desde logo (definitivamente no final do último capítulo), fundindo com solda anódina de titânio as menores aberturas externas dos sentidos que deixavam vazar luzes, goteiras e cheiros de fritura, emparedando-se e empastelando-se para todo o sempre.

O Menino, agora Menino Trancado na Geladeira, ou simplesmente Menino Trancado, reiniciou sua aprendizagem psicossocial deslocando-se sorrateiramente pela areia do DCRD.

No princípio, as rodas de seu veículo, no entanto, o denunciavam. Como, de fato, as tais rodas funcionavam e depois não funcionavam, primeiro deixavam um rastro, depois não deixavam, ora dificultando, ora não dificultando a identificação de seus confusos câmbios de caminhos cruzados.

Um despiste cheio de chistes!

As visões que a estreiteza das paredes laterais e da tela de cristal líquido blindado diante dele forneciam eram, portanto, muito Pobres e descoloridas. As pessoas retratadas nos filmes tinham uma palidez dinamarquesa imprópria para menores de 18 anos e falavam uma língua incompreensível, quando não tinham as bocas ocupadas em outros afazeres profissionais. Levou algum tempo (e mais dinheiro) para que um coreíyano del north, moralista militante dissidente, aceitasse o pedacinho de carne de porco coasher que o Menino Trancado oferecia (por uma fresta basculante que ele tinha aberto virtualmente na porta de cristal líquido) e regulasse com garantia de três anos (quando os problemas já seriam outros) o tubo da imagem.

Tudo calibrado, novo homem-máquina, o Menino Trancado empreendeu uma renovada política de boa vizinhança, pois, nessa outra vida, queria uma vida de bens e nada de maus. O nada tinha ficado tão indiferente da mesma coisa como se poderia supor naquela época. O nada mudava, mas mudava pouco e apenas porque passava um momento. Os momentos passavam de quando em quando tão rápido que alguns mal se davam conta de que já tinham ficado para o pretérito imperfeito esquecido dos conceitos ultrapassados, essa é que é a verdade. Na verdade, e também protegido por sua barreira intransponível, o Menino Trancado cumprimentava a todos. Era uma tarefa rude e arriscada, pois ninguém gostava dessas intimidades e, de mais a mais, nunca recebia respostas "de nada" ou "igualmente". Sua tela de cristal líquido emitia famosos filmes medíocres do Cinema Nacional, cheios de tiroteios nas periferias e um sertão tão lindo que até dava muita vontade de morar lá com uma esposa morena de vestido curto e perna grossa. Mantinha-se do mesmo modo tranqüilo nas franjas da terra, ensinando e ajudando velhas idosas a pescar mariscos contaminados, com os quais faziam caldeiradas e salmonelas.

Quanto às características excepcionais do veículo, a população de pós-doutores desdenhava de tais atributos práticos. Doentes de teoria mal digerida no estômago enojado, possuíam seus próprios kit-laboratórios fornecidos pelas academíyas antes de sua expulsão para o Deserto. Eram bem organizadinhos em caixas de madeira e alumínio de cocção e mal deixavam lugar para tudo o que precisavam, como garfos e facas, sonrisal, lentes de aumento, óculos escuros, bicos de Bunsen, canetas e guardanapos, dicionários, papel higiênico e antíteses de mestrado.

É certo também que esse período de paz não foi um período de reflexão. O Menino sofrera tantos reveses errados que o seu pensamento ficara abatido, embotado e esgotado pelo desenvolvimento de uma reação rápida, única e douradoura. Duraria pouco, no entanto, esse momento sublime de desinteresse. Chocado, o Menino Trancado, de uma semana de descanso mole para outra de trabalho escravo, percebeu que as coisas assumiram repentinamente, agora mesmo, uma dimensão epistotélica, avernaijante, compromestertora!

As tarefas dos Super-heróis Equipados não são pequenas mesmo, mas a que o Menino Trancado tomou para si era grandiosa como a vastidão de poeira e detritos diante de seus sonhos. Se o mundo da cidadela era uma corruptela, por que não erguer uma Verdadeira Civilização Brasileira no Deserto?

Ele achava que podia juntar os poucos que tinham muito e os outros que tinham nada numa mesma sociedade igualitária bobinha e despolitizada, fundindo cores e cruzcredos, formando comunidades pequenas, mesquinhas, fofoqueiras e auto-sustentáveis. Esse comunionismo ultrapassado cheirou mal até para os lados da cidadela, que os ventos Minuanos não escolhem nem o quê, nem para onde soprar em suas revoluções e güevarismos bovaristas.

Quando, sob o ar condicionado de sua geladeira confortável, o Menino Trancado expôs seu próprio plano teórico forjado nas coxas (dentro do veículo) para os pós-doutores sindicalistas do DCRD, estes sentiram uma certa preguiça nos fortes de pesquisa e determinada falta de apoio popular discente para desenvolvê-lo. Ele ainda sofreria muita resistência social passiva por parte dos alunos, pois os estudantes eram mesmo mesquinhos de tudo e só dividiam seus verdadeiros problemas nas entrelinhas de conversas intermináveis em torno dos períodos menstruais de seus animais da mais alta estimação. Preferiam morrer à custa de tirombaços no fígado, segurando seus rolexíyes paraguaíyos nas esquinas, do que entregar de mão beijada aquele que trabalhava de graça, à pilha ou corda, como um indíyo indolente.

Tudo parecia imperfeito e tudo continuava intolerável, a respeito do que ninguém se dispunha a fazer nada, e se escondiam na praga do legislativismo.

O Congresso, de um modo geral, não ficava mesmo duro, ou teso, ou em pé para nada, mas também não tinham merda pastosa melhor para jogar no próprio ventilador ligado ou pôr num lugar arrombado, vaidoso, masoquista e perverso como aquele. Assim sendo, permaneceram onde sempre estiveram, isto é, com ataques de míyedo do "Sistema", pois se ele representava "uns e outros", como diziam, podia muito bem vir a ser um mau elemento do SCI ou bom Agente da PF.

Em boca calada de policial sem caráter não entra mosca eletrocutada. Eu mesmo fico quieto enquanto escrevo, embora às vezes caia na risada (*em tempo: os editores deste romance-reportagem não aprovaram o auto-uso da primeira pessoa do singular, nem esses outros monumentais maus desvios da boa e velha conduta*).

Ao Menino não coube outra alternativa do que a mais cara e sacana de todas, pois implicava a visão detalhista de certas nudezes que adviriam das intimidades visitadas insidiosamente. Tratava-se de meter-se definitivamente na vida alheia, escarafunchá-la de escândalos, inventá-los se necessário, induzindo ao erro os errados, o que era muito preciso, então filmar tudo muito bem com duas câmeras em paralelo, editar um pouquinho no meio, pôr uns ex-votos e efeitos de computador para não encher o saco e emitir na porta de sua geladeira pantográfica, de maneira a envergonhar os envolvidos e fazer com que tivessem um comportamento coletivo mais adequado.

Havia horas de material mal montado, mas muito bem filmado, pois dois dos velhos sábios canadenses, especialmente Claude Goddard, entendiam um pouco de tudo no mundo da produção ideológica das imagens e se comportaram como verdadeiros autores naquele indiscreto charme marxista.

O Menino não poupava ninguém, que todos tinham mesmo seus podres, ideologias e necessidades fisiológicas, bem como mantinham as aparências democráticas. Destruindo vidas e reputações a esmo, tal caça às bruxas pós-doutoradas terminou numa mistura de pizza, Helowing e Noite de San Juan de Los Muertos, com fogueiras, quentões, tiroteios, chacinas, seqüestros, *crack* e piñolis, que custavam caro e, por isso mesmo, todos gostavam.

Naquela época, foi um período de isenção e extremos. Não havia Estados Nacionais naquele Deserto que lhes cobrassem qualquer ingresso para entrar onde não havia o porquê de taxas ou demais impostos. Soltando os segredos de uns para os ouvidos de outrens, amealhava fama de inocente e estacionava o veículo moderno nos piores sítios e fazendas, atolando-se em esterco fresco e funghi sechi. Freqüentava certos *points* noturnos errantes nas franjas da terra desértica, onde o sexo úmido e lúbrico era gratuito e sem graça, fornecido por funcionárias e professoras aposentadas do "Sistema" que abundavam em minissaias levantadas e por quem ele também não podia fazer nada, uma vez que não saía de onde estava para ter relações de qualquer tipo ou tamanho, tendo que se aliviar em si e ali mesmo.

Nosso personagem central vivia um idílio. Nada mais aconchegante do que estar isolado em meio a tudo o que há de mais sagrado, aproveitando o que está por trás, sempre muito quentinho e gostoso e mostrando tudo pela frente. Sempre havia os que queriam dar metade na entrada e metade na saída, mas o Menino não queria se engajar no gosto pessoal de quem quer que fosse, de modo que dava-se tudo na hora para ver depois ou ninguém se divertia. Quando nada acontecia, o Menino Trancado tirava uma soneca, pois aprendera a se utilizar da casca do melão pele-de-sapo, que lambia na busca da poderosa endorfina da sensação de sono e frio alucinógeno. Ficou dando o que falar a quem podia e não podia pagar até que tudo perdeu o sentido civilizado e passou a fazer as suas estrepulias pelo puro prazer de ver as vergonhas dos outros exibidas.

E havia muitas!

O Menino Trancado emitiu uma longa nuvem escura sob a forma de um documentário bem escrito e mal montado e bem dirigido e mal filmado com as desavenças e trapaças públicas. Tal filme ganhou muitas estátuas pesadas e alguns prêmios de leve, sob a forma de diplomas assinados e acartonados em molduras de vidro blindado. O Menino Trancado tinha míyedo de suas emanações desenergéticas e os doou todos sem cobrar cachê para alguma instituição de velhos aislados do Paraguaíy, para posterior leilão na Xotebíys.

Data também da década de 76, claramente obscura, a morte violenta do peixinho mineiro que gerou essa celeuma de água fria toda, num caso de acidente de tráfico de "influenza" estranho e esquisito para dizer o mínimo e que permanece sob jurisdição dos Agentes da PF aposentados e/ou largados na cerveja.

Outra conhecida malandragem obscura revelada às claras pela Geladeira onisciente e onipotente (menos onipresente) do Menino Trancado foi o processo de renegação da orientação sexual à qual os atores e atrizes que queriam trabalhar nas TVs Públicas se submetiam sem vergonha. Muitos assinavam documentos em que se diziam machos, quando, nos fundilíyos, eram mulherzinhas como todas as outras. Os heterossexuais que tinham vergonha da escolha medíocre que fizeram não faziam nada, nem casavam, nem sexo. Casos de lésbicas mães de família abundavam em proles incontinentíys para escárnio das femininistas mais caninas. Quanto aos homossexuais bichas mesmo, em si preferiam levar no rabo a fama, mais do que outro algo mais grosso, substancioso ou doloroso demais que os acossasse no desassossego dos costados.

Casos de Despachantes lesivos e juízes ladrões eram tão comuns que todos tinham algum na vizinhança para contar, de forma que caíram em desuso desgraçado e tedioso, terminando por serem perdoados ou esquecidos nas revistas dos arquivos das bibliotecas antigüas.

A revelação de todos os podres no Deserto, por incrível que pareça, não apareceu comovente para sua população pós-doutorada e pós-doutoranda banida. Os intelectuaíys chafurdaram nas verdades mais absurdas por anos e anos e, quando acordaram desse pesado pesadelo, sentiam-se tão leves e vazios que expulsaram o Menino e seu equipamento dedo-duro para a Civilização Brasileira além do Rio Vermelho, como os mais sórdidos disseminadores de desilusões de sua história sem grandes marcos...

O único bom negócio que restava em nome do desemprego era mesmo vender seu peixe podre frito noutra freguesia mais ingênua dos perfumes desse mundo de míyragens ilusórias. E assim o Menino Trancado o fez mais uma vez, numa reviravolta que volteava em spinnings sob o próprio eixo, de forma a manter a história rija como um épico e a narrativa tensa como um *thriller*.

De sua travessia de retorno pouco se falava, pois não era comum alguém atravessar para o DCRD e ainda voltar a um lugar pior anterior, como a cidadela. Tudo o que se viu na ida parecia ao contrário, do lado oposto, de ponta-cabeça ou do avesso nessa volta, se é que se podia chamar de volta o eterno retorno obrigatório para o mesmo lugar.

Posteriormente, viu-se que tudo não passava de mistificação dos pastores alemães mais protestantes e babantes, mas naquela época todos vestiam uma mesma pele de cordeiro amarelada, fornecida pela Frente Rústica da Sivéria. Conta-se que tal casaco grosso e mal-educado desprendia um leite em pó muito fino e perfumoso, capaz de penetrar as narinas mais amorfas, dotando seu possuidor de uma respiração plena, oxigenada e lisergizante. Com a Geladeira anfíbia deitada como um submarino amarelo na banheira, o Menino Trancado refez a navegada pelas mesmas retrógradas cartas náuticas, dando com os burros n'água após 15 dias de fome e visões ambivalentes de corais coloridos, polvos do mar revolto, Lulas barbudos gigantes, filmes de tubarão e arraias miúdas trafegando pela tela de cristal líquido fosforescente.

Uma loucura!

E muitos o chamaram "el llôuco" sim, embora fossem eles próprios alienados, pois não podiam imaginar, nem em seus mais extáticos e frenéticos devaneios de eletrochoque, como transpor a muralha da cidadela vestindo uma tralha engomada daquelas, ainda que ninguém se referisse a uma geladeira de última geração daquele modo vulgar, vil e frio de rachar. O fato é que os poucos distraídos pacíficos desconheciam os violentos poderes mágicos, além dos realistas, daquele dispositivo ultragostoso e sigiloso confeccionado no Deserto. O Menino Trancado encostou a barrigada metálica do equipamento visceral na parede da muralha e fê-lo porque qui-lo deslizar suavemente para cima e para os lados na concretude daquelas coisas erguidas a passo de sangue, enganando os guardas que, no zigue-zague temerário, supunham, em benefício de sua própria covardia ou preguiça, tratar-se da limpeza anual.

Os muros de Berlíynka, por seu valor simbólico, exigiam enorme esforço de manutenção, devendo ser higienizados dos pés à cabeça anualmente, sob pena de uma ruptura racial na base da genética. Eram muros como murros burros muito altos, loiros e sofisticados, de forma que o refrigerador móvel derrapou bastante pelos conceitos philosophíycos arianos antes que atingisse o ápice da construção racial e racional em razão de seus próprios méritos. Lá do cume, o Menino Trancado vislumbrou um pouco do que havia passado, pois memória e história, geografia e flashes de filmes mal montados e mal escritos surgiam em reveses na sua mente insonada. Lembrou do Pai, da Mãe, do Filho e de todos os Espíritos Santos, visíveis e invisíveis, e emitiu sua sentença como uma praga, como um sermão, como um ronco intestinal: *Miséria! Ó Miséria! Nunca Mais! Nunca Mais!?*

Ainda contemplou aquele atraso com ternura e deixou-se despencar, pois era à prova de decadências de todo tipo, como atestavam sua história e as de seus antepassados ultrapassados.

Muitos daqueles guardas da muralha da cidadela agora prestavam atenção, pois se fizeram de distraídos antes, quando não tinham propíynas a obter. Suas víyerbas salaríyaes eram minúsculas, pois até chegarem ali, enviadas dos becos do centro da cidadela, tornavam-se objeto direto de inúmeros assaltos e estupros, deixando os tolos transitivos com pouco ou quase nada na ponta do consumo conspícuo. As expectativas de vida daqueles Agentes químicos, ou mesmo de serem pegos fisicamente, tornavam-se praticamente nulas à medida que emigravam para a sombra das bases da muralha, onde, projetando-se dentro de seu território militar, o Menino, mesmo Trancado, se expunha à sanha abutre desses Agentes Voladores della Alfândega, prontos a pregar um susto, uma multa ou a ratoeira na carteira dos cidadãos civilizados que cometiam seus errinhos, beijinhos, adulteriozinhos e fuminhos e cheirinhos aqui e ali.

Os Bordes permaneciam prenhes de cruzamentos e possibilidades venereáveíys!

Daquela atmosphera doente se afastava o Menino Trancado, agora com toda a potência de seus motores de

18 cilindros de *milk shake* por 36 válvulas de regulagem automática, do tipo que os jogadores de futebol exibiam antes de começarem a ser seqüestrados nas ramblas de La Bocca Molle, Puntas Dels Estes, Cataluñíya. Por mais grotesco que parecesse ao Menino Trancado, educado de saberes sussurados nas tíyendas do Deserto, onde todos sabiam de tudo de todos os outros às claras, o fato era que a população da cidadela ainda tinha alguma vergonha na cara...

Não era muita.

Era pouca.

Quase nada mesmo!

O suficiente para ser mencionada, de todo modo; mesmo que não fosse uma vergonha ethíyca, que soava aos mais Ricos antígüa e pior do que a ethíylica à qual estavam mais acostumados, mas um envergonhamento mais humano, mais cerca de uma necessidade burguesa de defender uma certa privaticidade da qual poucos desfrutavam frugalmente (Ref.: NASA do B; Apliccation For Post Doctoring).

Essa salada tecnológica e academíyca ia muito bem para os poucos fantoches festeíyros de um lado, pois o Governo Nacional continuava apoiado no "Sistema" Educacional que se apoiava no exército e este no Congresso para controlar todos os escândalos e víyerbas de breakfast, breakthrough and dinner party, embora para muitos houvesse um mal-estar antígüo, malvestido e algo esquisito e ultrapassado, dado que viviam um período anterior à RK/RS, Revolução Kultural dos Realities Shows.

Bem, aí está uma coisa daquelas: um grupo social velho como a Civilização Brasileira permanecia mais vulnerável às emissões televisivas ficcíyonaes do que a sua própria cara feia e vida mesquinha, de maneira que qualquer solução dramatúrgica mais dramática ou deletéria que envolvesse um tipo de programação realista poderia ferir as suscetibilidades dos imigrantes cegos de saudade, pois, ao fim e ao cabo, na última instância, eram eles quem pagavam as altíssimas mensalidades, taxas e demais impostos que sustentavam as benesses dos executivos das TVs *cable* de Miamíy e do Jurisdicionário corrupto, promovendo ciclos de reprises obrigatórias intermináveis de filmes bonitos do sertão.

Dava para agüentar?

E se não dava para agüentar por alguém qualquer, o que dizer do Menino Trancado, aislado de tudo e de todos a bel-prazer, lutando por um pouco de diversão inteligente e estimulante dentro de sua jaulinha kultural.

A Realities Shows S/A, sua empresa de filmagens, nasceu de uma tentativa de atualizar os poucos RCs, Ricos Caipiras, que queriam aparecer em festas de debutantes, leilões e agremiações de batucadas de samba, pois eram estas as que freqüentavam as melhores embaixadas eurropeíyas, pervertendo diplomatas/poetas catholíycos bêbados, que deixavam suas mulheres juthias bem magrinhas e dentuças para cruzarem-se e casarem-se de herança artística em punho com as maiores mulatas anais de Maradjól e

Bembele. O Menino Trancado se fizera sócio de dois dos velhos canadenses sábios, que sabiam muito bem que, se havia um lugar onde era bom ser sócio de uma atividade rentável, esse local seria a Civilização Brasileira.

Coisas do mundo batucado do samba, mas o Menino Trancado dançava conforme a música que houvesse, mesmo dentro de um refrigerador de última geração. Os dispositivos de mandar-lhe sangue para a cabeça de cima estavam funcionando perfeitamente, de modo que ele pensava do bom e do melhor para tudo o que fosse necessário. Fora assim, todo sorrisos, que começara a visitar as casas de família no horário nobre, esquecido por aqueles que se masturbavam com os programas de entrevista *hare krishna* depois das 23h30, tanto na TV da Força Maior como na TV do Amour e demais subsidiárias internacionais, agora unificadas sob a égide de uma loja de sofás baratos, redenominadas afilhadas do SSAT, "Sistema" Senta Aqui de Televisão.

O "Sistema" Senta Aqui de Televisão não tinha a estrutura nem a experiência necessárias do "Sistema" Educacional, mais antígüo e reacionário, de modo que lhe puxava o saco invejosa e impiedosamente com minisséries editoríyaes e programas de problemas econômíycos mesquinhos e insignificantes para o Orçamento Nacional. Discutia-se a moda nas praias da muralha, as belezas naturais da cidadela, merenda envenenada do zoológico, cores de cabelo loiro das apresentadoras ecológicas, salário-miséria para os travestis, expectativas médias de vida, ONGs no Governo ou fora dele e o que demais indigesto fosse, provocando a ânsia de mudança e de vômito nos cidadãos de bens reapresentados nas telas, quando não se reconheciam em nada mais nojento.

O Menino Trancado, através de todas as baterias e computadores de silício empregados na difusão da melhor versão fílmica de si que as pessoas Ricas pudessem fazer, galgou poderosos postos no mercado da PI, Producióne Independíyentch, recém-inaugurada por ele mesmo e seus próprios dois sócios canadenses da Nouvelle Vague Refrigerators (empresa nas Ilhas Gaíymen).

Acontece que nessa época a TV Pública era pobre e podre, dirigida por um produtor teatral pollonaíys staliníysta orientalíysta fresco radical cheio de idéias preconcebidas sobre o juthaísmo e a memória aflitiva de seus atores anti-semithíycos submetidos às cenas mais longas de toda a história da comunicação coasher. Os profissionais não ficavam parados como nas cenas bíblicas paradas, pois os rabinos pollonaíyses tinham passado incólumes pela Revolução Kultural, admitindo culto ao patrocinador, ao personagem ou ao ator. Eles se moviam para chamar a atenção, mas só quando sentiam "determinada necessidade cênica" (espécie de arrepio na base da coluna grega) num jogo teatral infantil, estúpido e mal jogado, onde muitos diálogos se perdiam em discussões intermináveis sobre a melhor posição da luz, embostação de voz ou posição dos nomes no cartaz. Era mesmo como o Pai antepassado do Menino Trancado afirmara na cadeia, na primeira e última visita do filho: *"Dinheiro? Pra que Dinheiro se ela não me der bola?!"*

Num contexto de desemprego, despejos, frustrações amorosas, contratos de gaveta, rapazes dentro do armário, Menino Trancado na Geladeira, mau agouro e baixos recursos financeiros, aquele corredor histórico terminou por deportar inúmeros demócritas para a Sivéria ou Castilha, onde se envolveram com dramaturgia esklava venezuelana do mais alto nível.

Como não havia câmera digital para tudo e todos que queriam aparecer, o fato de o Menino Trancado possuir não apenas duas câmeras *on line* mas toda uma ilha de edição blindada pelos lados só aumentou seu poder entre os maiorais da cidadela. Para ser justo com os comportamentos dos acertos que já haviam se mostrado antepassados, o Menino Trancado alugou um horário de satélite (na verdade, era um caixa três, pois dois dos satélites eram canadenses, velhos e viviam dando problema, que os sábios nem sempre sabiam consertar) e começou a visar Pobres vaidosos ou Ricos esnobes que pudessem pagar pelo aperfeiçoamento de sua própria imagem. Apareciam em todas as posições da existência diária, desde que se metiam em seus *hobbies de chambre*, liam seus jornais morbozos de perna cruzada, eram servidos por funcionários de todo tipo e até mesmo quando faziam abluções com menta, pois tinham covardia ou preguiça de escovar os dentes.

Tanto mau hálito e mau-olhado jogado de lado deu o que falar pelas bancas das revistas de fofoca. Os programas especiais de uma hora sem intervalo do Menino Trancado tinham um diferencial, apreendido dos feirantes do deserto, que se habituaram a fazer elogios a todas as mulheres cobertas que passavam por suas tíeyndas lúbricas. Não importava mais a beleza fundamental, que deixara de ser exibida pelas femininistas xíytas fundamentalistas, mas a cordialidade torpe e falsificada, pois era ela mesma que atraía a vaidade dos clientes, muitos deles xeques do petróleo por baixo dos panos.

De todo modo, por um escape distraído da situação sem sentido, os programas terminaram começando por mostrar o que não queriam revelar, uma vez que o esquema não chegava a ser um "Sistema" infinito que não estivesse sem os seus cem fins lucrativos de intervalos a preencher.

Custou caro para muita gente boa, pois o lado ruim das câmeras e dos microfones aparecia nos bastidores ou por cima da tomada, tornando ainda mais Públicas as negociatas e salamaleques que os juízes ladrões de dedo no nariz faziam diante do espelho embaçado para não se enxergarem, bem como os diabólicos planos de carreira de cocaína dos depurados e seladores do Congresso, enquanto defecavam nos bolsos cheios de rabo preso em meio às eletrocutadas votações. Houve tanta energia, tanta escatologia de colarinho branco encardido e tanta canalhice sórdida dos juízes ladrões nas sucessivas convocações do exército que os próprios programas se automutilaram para o formato das telas dos cinemas.

A Realities Shows, desafiando o "Sistema" Senta Aqui de Televisão, passou a alugar também as salas de espetáculo poeira, abandonadas pelos atores cheios de missões ideológicas e pontos de macumba a cumprir no teatro marxíysta, instalações com escurinhos impenetráveis e bibliotecas em 12 volumes grossos de crítica e autocrítica, onde os espectadores podiam cheirar, se desculpar pela timidez, fumar charuto kubanacano branco à vontade e passar a mão nas mulheres negras sozinhas, pois a programação não era adequada para as maiores femininistas racistas de 18 anos.

Revelador das estratégias escusas do Governo, do Estado e dos seus governantes morenos, pela primeira vez identificados nas telas em seus paletós empoeirados e modos servis, a audiência das emissões da produtora independientíych do Menino Trancado havia aumentado assustadoramente.

Em pouco tempo, menos de um filme e meio, na verdade, seus trabalhos de mentira começaram a ser apreciados pelos mestres e mestrandos do "Sistema", que sempre empreendiam um estudozinho academíyco financiado no calor dos acontecimentos, obtendo exclusividade nas benesses da investigação histórica Oficial.

Já por ele, havia escolhido se transformar num autor autoritário e cheio de meias palavras para justificar as enormes víyerbas que recebia na implementação de programas de irrigação em vídeo, construção de açudes e demais filmes bonitos do sertão para os ingleses verem nos intervalos lucrativos da BAC, British Abroadcasting Corporation.

Numa atitude por muito poucos tida como indigna de confiança, o Menino Trancado terminou por demitir dois de seus dois sócios capitalistas estrangeiros, uma vez que já tinha ocupado todos os horários de sua programação e obtido os recursos próprios necessários à manutenção de suas despesas audiovisuais escandalosas. Ninguém tinha vergonha. Era mais míyedo mesmo, com um pouco de covardia e preguiça. Assim, por força de suas ordens estúpidas e súbitas manias de dandíysmo sauserríyano ao almoçar beirutes *delivery* de garfo e faca no escritório (sem sair da Geladeira), o Menino Trancado acabava por controlar a consciência estética estrita de diversos curadores em inúmeros museus de arte moderna, vendendo a peso de ouro em pó seus conceitos, palestras e exposeés pré-fabricadas, emprestadas e empestadas dos ratos do Deserto dos Cursos Rápidos e Despachantes.

Os curadores (em sua maioria mulheres, mesmo quando eram homens) tinham cabelos pretos grossos, saias cor de limão curtas e saltavam para o abismo dos arquivos dadaístas em tênis luminescentes de até um metro e meio, acreditando com isso estarem à altura dos artistas que defendiam em revistas patrocinadas e patriotadas por barbudos publicistas fascistas italianos. Muitas delas, como a sioníysta *Harper's Performers Bazaar* e a latina *Colori Degli Cojoní*, estampavam na cara de quem quisesse que não tinham a menor idéia dos anúncios, *releases* e escritores de meio período que empregavam nas páginas centrais, onde fotógrafos se fartavam de viagens de helicóptero lisérgicas.

Na contramão da confiabilidade da Imprensa Oficial, subia a níveis nunca dantes imaginados por italianos publicistas fascistas as apostas na bolsa de valores da elite Nacional Rica, inflacionando as vitrines do Menino Trancado, pois era o único equipamento de imagem e som, com ar-condicionado funcionando e com garantia de três anos que freqüentava o *Jóquei Club In The Fields*, sempre recheado de câmeras de circuito interno desligadas por falta de manutenção.

Existia, naquela época, a legenda de que os eqüestres tinham problemas com as filmagens, pois haviam se empregado anteriormente em alguma revolução kultural dos bichos, de forma que, se fossem identificados trabalhando agora nas carreiras de cocaíyna da televisão, alguém poderia entrar com um processo siderado no jurisdicionário corrupto da injustiça dos trabalhadores sindicalizados; o que, para um cavalo, demoraria para cachorro ou requereria a paciência de um elefante.

Nem todos querem se mostrar, ainda que muitos tenham algo a temer na exibição de seus talentos.

Para todos os defeitos especiais e de propaganda de fofocas do *gran monde* da moda italiana, era apenas e tãosomente na rede de cinemas *Multipax* do Menino Trancado e dos velhos sábios canadenses Claude Goddard e Reneé

Magrice, no entanto, que os Ricos eram mostrados em Treísdê, cheios de perspectivas, croquis, debris, maquetas e reconstituições de épocas passadas ufanistas, tudo em muito diferente da estética bidimensional egipcíya do "Sistema" Senta Aqui de Televisão, na época chapada de rastafarianíysmos.

O Menino Trancado não podia fazer outra cousa que denunciar e denunciar e denunciar três vezes, como um jornal ao qual faltasse um triunvirrato de patrocinadores que cobrisse as despesas operacionais com queijo, bolinhas de isopor com amendoim e uísque importado. Ali, ao contrário do Deserto, havia um misto-frio e quente na omelete quebrada das sensações.

Primeiro, parecia que se devia mostrar um pouquinho dos segredos obscuzos, de forma a dar a cada um alguma clarividência de individualidade evidente. Em segundo lugar, para contradição do primeiro, palavroso e confuso, no entanto, o que ocorria é que, mesmo mostrando tudo à luz do dia, ninguém dormia bem ou mal à noite sem conversar ou fazer sexo, sem arrumar a cama, bater as migalhas de bolacha do lençol ou ligar o aquecedor, de forma que as pessoas não ficavam satisfeitas com as moléstias malcheirosas dos outros, preferindo, egoisticamente, as próprias noções, perfumes e sensações de beleza, já que se tocavam indiscretamente.

O "Sistema" passou a ser circulatório por decreto estatíysta do exército Nacional, uma vez que os parlamentares contraventores se encontravam no recesso subsidiado, em Miamíy. Por força dessas determinações jurisdicionais (os juízes já eram pagos todos os meses e só cobraram adicional em três das cinco aposentadorias em curso), o Menino Trancado receberia um aluguel em 247 milhões de ações jurisdicionais e moedas podres da bolsa de aposentadorias do Congresso, num critério populacional aproximado para os habitantes da cidadela da Civilização Brasileira.

Passar de um "Sistema" Público que mal ou bem parava em pé para cair sentado noutro extremamente privatizado, o de cobrança de taxas e demais impostos, era visto como um erro estratégico por parte de certas seitas militantes e militares trotskíystas de isquíyerda do Governo Nacional. Desde a queda do muro de Berlíynka e com sua inconseqüente aquisição para a construção da muralha da cidadela de Civilização Brasileira, esses xíytas haviam se encastilhados no aparelho telefônico das famílias Ricas, gastando-lhes enormes víyerbas de internet para Frente Rústica em Kuba. Alegavam que delegar poder para um só antigüo membro de um só partido só seria aceito e aceitável num período de pós-Guerra Civil da Civilização Brasileira, quando os ânimos estão acirrados e os cidadãos estão tão civilizados que são capazes de engolir qualquer teoria de Estado (vide Alemníya, Íyapon, Itálíya, e Francíya). O Menino Trancado, no entanto, não era sócio de nenhuma agremiação partidária, o que o autorizava, desde logo, a liderar a sociedade sem dar satisfações a ninguém.

Independientemíyentch disso, agora, bem agora mesmo no entanto, tudo mal voltava a ser diferente. Tinha acabado de mudar para outro lado daquela coisa e o Menino Trancado, ciente de tudo como se nada houvesse, passou muito bem ou mal por essas transições inoportunas. Porque se há algo que um órfão maltratado e mimado de indiferença faz bem é tocar um negócio qualquer ou um qualquer país Nacional, como o era a Civilização Brasileira, que precisava de um pau-mandado bem duro para lhe ditar o caminho iletrado do subdesenvolvimento.

"*Cinco ânus em Cima!*", gritavam os proctolologistas mais anais e ufanistas dos Tribunais. O Menino Trancado não queria tocar nesse assunto excitado. Ele não tocava em nada que pudesse espirrar alguma coisa branca e leitosa em seu rosto mesmo, pois vivia dia e noite naquela Geladeira adorável e insondável. Ele nem sempre sabia quando era dia ou quando era noite, pois trabalhava 24 horas por dia, além da noite. De mais a mais, não saía dali para nada, justamente para não se envolver ainda mais em qualquer assunto por fora ou debaixo dos panos do expediente infindável. Ficava circulando sem parar com suas baterias de longa duração, fazendo água de hidrogênio, metanol ou restos de alimentos perecíveis.

Por força desse entulho em tudo autoritário, podia mesmo dar-se ao luxo de visitar os habitantes mais distantes, em auto-estradas estragadas pela mata virgem decepada, alternando os dois diversos gêneros de reportagem em sua programação: reportagens com Pobres e reportagens com Ricos.

Suas opções tornavam-se assim cada vez mais limitadas a duas, uma ou outra, pois o processo de industrialização de sua arte requeria um padrão portátil de imagens pequeninas, que coubessem em todas as telas disponíveis. Pra se ter uma idéia da complexidade dessa idéia e da atenção que os Agentes do "Sistema" ofereciam nessas coisas, basta dizer que a expulsão dos primeiros pós-doutores se deveu a que colocaram questões muito grossas e compridas em torno da "reprodução" de obras de arte, assustando os Instituthos Artísticos e Demographíycos originais do Governo. O fato era que, naquela época, saber se há um mínimo para o muito de poucos e os infinitos poucos de muitos mais era questão zelada pelo exército, ao fim e ao cabo, pago para garantir uns e outros e uns dos outros.

O Menino Trancado tinha a preferência dessas ações e costumava exercê-la, na maior parte do tempo filmando Ricos, pois suas ruas eram calçadas, forneciam água fresca e cafezinhos quentes, bolacha gordurosa doce, carona, brindes e agendas com logomarcas, além de seus seguranças serem gentis. Nas matérias gravadas dos Pobres mais realistas, o Menino Trancado atolava o veículo Geladeira por vielas e avenidas sem sinalização ou pavimentação, onde placas de orientação haviam sido seqüestradas, estupradas, roubadas e fundidas pelas balas, e as pessoas da vizinhança davam informações erradas, quer porque não soubessem direito, quer porque fossem analfobetas de tudo ou simplesmente por temerem represálias em seus próprios cadáveres, que passavam boiando afogados e mortos na represa.

Sua profissão única o colocava em contato constante com o que havia de melhor e de pior na Civilização Brasileira. Visitou casas de família cheias de penduricalhos indianíystas, mansões de escárnio e interesse, quartéis da força elétrica, edículas de estacionamentos e hotéis libidinosos, gabinetes de Prefeitos Fundamentalistas com cama, mesa e banho de assento, bem como os de certas cadeiras e carreiras academíycas de cocaíyna desperdiçada nas festas *privées* do Banco Central dos Cofres Públicos.

Agora sem concorrência, desleixava um pouco da qualidade o Menino Trancado autor. Filmando ainda bem, mas montando e finalizando bem mal, alegava uma certa preguiça ou covardia, bem como uma nova pesquisa estetitíyca, de forma que quem reclamava precisava fazê-lo no jurisdicionário para sempre corrupto, embora, nessa época, o Menino Trancado começasse a receber suas pesadas remessas de benesses em cheques polpudos do petróleo e conhecesse de antemão leve as sentenças e os parágrafos dos infinitos acordões do Congresso.

As casas visitadas pela produtora Geladeira móvel do Menino Trancado eram sorteadas a esmo, até que ele conseguia se meter onde gostaria de ser chamado: reuniões, palestras, consulados e embaixadas eurropéiyas, com coquetéis sofisticados e bebidas que não davam tanta ressaca como as da cesta básica Pobre, ainda fornecidas e contrabandeadas por algumas ONGs internacionais protestantes de respeito.

Numa dessas ocasiões teve a sorte, ou o azar, de acabar sorteando uma festa de entrega de prêmios que os atores de TV ofereciam de bem aos muitos maus críticos de teatro, tentando dizer-lhes que eram tão bons quanto os outros eram ruins. Nesses *dinners club party*, abundavam igualmente muitos sociólogos desempregados e antropólogos assustados, que entravam pelos fundos, pedindo esmola e bolsas de estudo pelas custas dos capitanistas do Governo.

Alheio aos pedintes e caridosos, o Grant Hotel Sumitzo, à beira da falência, era administrado por conselho de velhos muito sábios formado por apenas um deles, um íyaponais decrépito, conservador e racista. Mesquinho, míope, astigmático e de olhos espremidos, o velho muito sábio era capaz de afundar com todos os seus pertences visíveis e invisíveis a mudar suas convicções morais não comerciais. O fato era que, embora possuísse um hotel muito barato aberto para turistas de toda parte do mundo, o velho não tolerava os estrangeiros mais distantes, a quem expulsava sistematicamente e em hordas pelas madrugadas geladas, arremessando-lhes do segundo andar as mochilas cheias de lembrancinhas que quebravam rápido e espalhando, na recepção sem televisão, as inconveniências dos hóspedes em fuga.

A população local também desconfiava dele, pois nunca se sabia quando sua sanha xenófoba poderia se voltar contra os próprios patriotas, desenvolvendo uma nova Guerra civil, de forma que o negócio dava cabeçadas definitivas na parede do progresso, sem parar para o lanche, feito um carrinho de pilha ou lavadora de roupas desgovernados.

Esse velho tinha um sobrenome mais ou menos desconhecido... sendo que era mais conhecido como Ancião Nikata. O velho sábio racista era nada de mais nada de menos que o Pai de sangue do jovem orientalíy que se imiscuíra nos Templos Educacionais do "Sistema" e raptara muito rapidamente Milâine do Menino Trancado! Naquela época ninguém comentava muito bem o fato de permanecer mal explicado de passagem demais no meio desse romance-reportagem que a kulpa, nos fundilíyos, fora do próprio personagem central da Geladeira, uma vez que tinha praticamente oferecido a mulher de braços abertos para que o suposto amigo iaponaíys passasse a mão beijada e demais órgãos sexuais. Ele percebia esse calombo que se erguia no seu próprio coração refrescado pelo ar-condicionado... e lamentava a dor de cabeça, uma de cada lado, na testa.

É claro que a prosperidade sorrateira e silenciosa pode cegar a fronte de alguns e alavancar os fundilíyos de outrens da ignorância da Pobreza mais descarada. O Menino Trancado sabia do pouco a perder se ficasse quieto, fazendo, no máximo, o mesmo, a soldo do Estado de Coisas. Acontece que esse trauma amoroso lhe abalava as carreiras esportivas e emocionais! Não era grande coisa, mas havia um desespero inocente. Ele continuava solteiro e virgem, por exemplo, pois sentara-se no conforto do seu refrigerador de última geração experimentando apenas um enlevo filosophíyco distante, ausente e imaginário com Milâine.

Em carne e osso as coisas haveriam de ser... bem ou mal... indiferentes.

Aproveitando-se de ser o único a controlar os convênios de sorteios das casas de apostas das famílias filmadas, a Realities Shows, sob a batuta de seu único sócio presidente majoritário, começou a manipular certos acontecimentos com bolinhas imantadas, pesos de chumbo, apresentadoras peladas, globos de arame e outras urnas viciadas. Queria fazer da emissão das melhores imagens dos cidadãos civilizados da Civilização Brasileira Rica uma tarefa Pública apoiada no Governo, uma egoísta atividade privatizada: resolver um problema afetivo antigüo, que o havia expelido para o Deserto na época de algumas páginas de antecedência.

A possibilidade de alguma forma de pequena vingança, ou mesmo de retomar qualquer paz anterior, começou a tomar forma nas atitudes incompreensíveis do Menino Trancado, que se virava como podia, de um lado para outro e até de cima para baixo, graças ao centro gravitacional múltiplo do aparelho, em tudo visando àqueles resultados a que se propunha em surdina e isolamento. Como faziam os diplomatas ou funcionários Públicos bêbados, o Ancião Nikata havia largado a mulher magrinha e pequenina como um bibelô às moscas. Dedicara-se a fumar híeyerbas brabas (skunk) e chás de moléculas inspiradoras (naphtalíyna), largando de vez o trabalho honesto. Quanto à mulher, praticamente ex-mulher, ela fora posteriormente recolhida da sarjeta pelo Supermonastério da Ração Social. Em conluio com o Estado, não ficou, no entanto, parada e sentada sobre o próprio fracasso moribundo, como era hábito entre os alcoólatras kulturais das primeiras repúblicas da Civilização Brasileira. A mulher, idosa, sem função sexual e prejudiciosa, passara a dedicar-se à produção de Bonsaíys, que vendia aos hóspedes expulsos, enquanto esperava algum revés dos papagaios e quirelas que se bicavam a trocados no jurisdicionário infame. Ela terminou por comprar duas medidas provisórias, uma de uma juíza traficante e outra de um juiz bicheiro, tornando-se assim definitivamente vitoriosa no processo de miniaturização contra aquela vara de sua própria família. A Anciã Desquitada, como se tornaria conhecida nos jardins íyaponaises e nas cerimônias de chá preto, perderia o membro viril que não dava em mais nada e adquiria o direito de se abrigar, como "ex-esposa", numa edícula especialmente construída à entrada do estabelecimento hoteleiro do esposo, então ex-esposo, até que fosse leiloado (o referido hotel, não o Ancião) na Xotebíys.

Os Bonsaíys eram tidos como muito perfeitas reproduções, bonitinhas, saudáveis e delicadas mesmo, mas morriam logo que as levavam para casa nas mochilas reviradas com desprezo pelo ex-proprietário. Muitas vezes, os Bonsaíys eram diretamente destruídos pelo seu velho marido, há muito desviado dos preceitos pacíficos de sua antígüa religião tolerante e desmazelada. Ateu atenuante, saía desesperado por não ter dinheiro para os advogados corruptos e juízes decrépitos (e ladrões), descarregando sua frustração nas artes da ex-mulher.

Protegida por liminares de 500 Nicolíys e diversos agentes pagos a 150 Nicolíys por noite, a Anciã Desquitada preferia trabalhar às claras, ainda que recebesse uma ajuda de custo não revelada e não tributável do "Sistema" de taxas e demais impostos. Numa madrugada insone e chuvosa como essas (a pretexto de sigilo de injustiça, nem sempre o Governo Nacional fornecia a informação quanto ao clima, obsequiosa para as filmagens do Menino Trancado), ele, andando pelas ruas úmidas de um bairro de armazéns mal iluminados diretamente pela Lua, como num filme de *jazz* bem filmado, bem montado e mal escrito, esperando para ver se o tempo melhorava e ele não precisasse levar gerador, refletores, sombrinhas e bem... vira-se filmando à porta do Hotel da velha senhora.

Nada pareceu programado e no entanto tudo dera certo naquele programa especial, como se a realidade se dobrasse aos desígnios mais abomináveis dos cineastas subsidiados do Governo. A diferença entre "Estado" e "Governo" nunca ficava explicada, especialmente pelo Governo temporal, que buscava a eternidade de seus mandos e desmandos.

O caso abafado e depois escancarado em função das cartas e telefonemas dos telespectadores dera mesmo o que falar e, de acordo com o contrato celerado celebrado entre o Menino Trancado e o "Sistema" (*assim como o do autor deste romance-reportagem com o seu respectivo editor*), ele era obrigado a entregar alguma coisa, qualquer coisa do tipo alguma badalação, uma coluna social de 20 toques ou uma foto trêsXporXquatro que fosse, dos eventos sociais e politípicos mais notáveis, escabrosos, patéticos, enervantes ou tristonhos do cotidiano Nacional.

Na primeira vez, ele hesitara diante das várias incontáveis diferenças de idade que existiam. Existiam muitas e inúmeras outras também, pois havia praticamente um século de extremismos entre os dois, além de não falarem a mesma língua. Por força dessas dificuldades, a própria Anciã propunha uma língua nova para o menino, abduzindo-o pelo estômago. A raposa Anciã oferecera guloseimas, uvas e refrigerantes de água negros dos Estados Suínos, tratando o Menino Trancado como uma criança desmamada, o que de fato era. Aquela língua que a linguagem insidiosa da mulher propunha tornou-se imediatamente universal, dada a excitação não verbal que provocava no Menino Trancado, que se aproximava em tudo da "puberdadch" (no Guarany-Purunĩi "*hora de fugir de casa*").

O Menino Trancado mal se movia, atraído para o ninho e fulcro central da terceira idade como uma cadelinha de barriga coçada, embora nada fosse tocado ou estimulado diretamente. Na verdade, a falsidade das coisas oblíquas tendiam a se adaptar melhor aos personagens variados e reviravoltas extasiantes dessa história daquela época. Ele se limitou a aproveitar as benesses desse bem-bom e passara a freqüentar sorrateiramente a porta entreaberta da edícula da idosa, transmitindo em *slow motion* e desavergonhadamente os momentos em que tal senhora se exibia de calçolas de pano de cortina, camisolas puídas e sutiãs de bojo, numa estetitíyca muito antígüa outra vez na moda dos publicistas fascistas italianos, que, aliás, deveriam fazer a barba rala nas entrevistas.

Quem pensava que ela desdenharia de sua própria aparência enganara-se profusamente. Aquela velha encurvada não era mais vaidosa do que outros canhões, mas transformava-se num símbolo sexual à primeira vista (até porque não resistiria a uma outra olhada de segunda mão). Em troca-troca de suas tristes e lordosas sessões de *strip teases*, o Menino fornecia-lhe VPSs, ou Vales Plástica com Silicone. O que o protagonista não sabia é que tudo não passava de uma armação da concorrência orientalíy mais ou menos antagonista, uma vez que queria copiar a teoria da Geladeira sem pagar os muito práticos *royalties* reais à criança que só tinha a si própria para criar num mundo de desinteresse.

Para a mulher era a segunda chance de uma segunda vida de segunda mão numa segunda-feira segundo os especialistas em peidiatríya geriatríyca naquela semana daquela época.

O Menino Trancado, inocentemente, continuava moldando a velha mulher de partes curvas reluzentes e transformando-a numa perua íypônica sem caráter; o que, em pouco tempo, facultaria à antígüa Anciã Desquitada o difícil acesso aos mais careiros dos cirurgiões e curadores de museus de arte, pagando altas mensalidades em planos de saúde e assistência técnica, exposeés, pirâmides monetárias, palestras e injeções de penicilina. Tudo isso muito devagar, algo como 150 quadros projetados a 24 por segundo, deixando entrever bainhas cerzidas, costuras desalinhavadas e pontos pendurados em rasgões, vergões, estrias e varizíys.

Pelancas mortas conviviam com pelotes rejuvenescentes numa mesma ferida aberta ao Público, pois ao contrário das cirurgias no umbigo espetado do Menino Trancado quando era apenas um... "menino", aqui se mostrava tudo, de frente de costas e de lado, sem levantar os braços para acomodar os seios nas costelas e sem censura. Afinal era a época da World Wild Web e os provedores de conhecimento de proveta e profetas radicais inseriam o que queriam penetrar em suas próprias programações digitais, masturbando-se e misturando-se por imagens, reputações, reverências e referências.

Com a cara de umas, o focinho de outras e as coxas daquela uma que por ser velha não era menos gostosa, a Anciã em questão, isto é, aquela mais esposa do hoteleiro em princípio, justamente esta, ganharia um contrato acertado com exclusividade na *Nouvelle Vague*. Terminaria por casar-se com Claude Goddard, trabalhando como atriz móvel em muitos de seus filmes bem filmados e maus montados de vanguarda, mas isso depois do naufrágio da década de 68. Para o Menino, naquele momento daquela época, não passava de uma aliada Rica e gostosa de brincar e de ver, embora como tal pudesse produzir-lhe problemas e promover-lhe despesas de toda ordem a qualquer momento distraído.

Ela realmente aproveitou-se dessa onda nova de arrebatamento e arrebatou em leilão o estabelecimento do marido com os bois no pasto, a despensa cheia de latarias e as camas nos quartos (mais lençóis, fronhas e xícaras), devido a uns lances muito mal explicados, pois sucediam-se num puxadinho curralzinho chic da Xotebíys, onde a Velha se escondera para evitar as taxas e demais impostos. Lá, protegida pelos seguranças da rainha-mãe, bebendo gim-tônica de canudinho, como essa outra nobre que deveria dar o exemplo, a Anciã Nikata se esbaldava em gestos animalescos de vaca louca, patéticos e difíceis de compreender, muito próximos do corpo e sob uma luz suave, esquiva e leitosa que se rebatia. De posse desses direitos de posse, da guarda pretoriana de eunucos nórdicos e numa reviravolta das mais vingativas, a Desquitada recolhera os apetrechinhos de chazinho preto do marido e os arremessara sem a menor cerimônia tediosa no *hall* da amargura televisionada do Hotel Sumitzo, agora rebatizado como Hotel dos Viajantes.

Ao Ancião Nikata, tratado como um reles turista estrangeiro distante, coube ficar quieto como o Pai do Menino Trancado antes ficara na prisão, porque era a única opção, também porque não saberia de fato onde a ex-mulher andaria enquanto durasse a pena e finalmente porque a decisão adviera de Primeira Instância, num dos esforços Supremos dos Tribunais mais corruptos do Jurisdicionário imprestável e adúltero dos juízes ladrões mais devassados e safados sem-vergonha do "Sistema".

Tanta blasfêmia jurisdicional, expedientes sacanas, maquiagens, roupas sumárias e pura roubalheira não eram os maiores problemas dos empresários, segundo eles próprios, pois era um problema da Lei, segundo outros especialistas, mal descrita com imprecisão no Plano Teórico e tributária de muitos daqueles que se diziam pagar as suas taxas e demais impostos com cheques do petróleo encobertos por baixo dos panos suados. As roupas dos cheques eram muito parecidas com as dos juízes ladrões, de forma que era possível confundi-los nas representações de TV bem filmadas e mal iluminadas sob sol forte.

"*Mentira deslavada em plataformas marítimas!*", dizia a Indústria do Petróleo, pois as filmagens dos vestiários dos Estados Nacionais se mantinham em operação às custas do financiamento e do patrocínio das ONGs nacionais e internacionais que faziam anúncio de Pobreza nos sabonetes, nos bíceps dos artilheiros, nas toalhas, placas das arquibancadas e no centro do gramado, captando todas as vibrações nudistas e homossexuais das populações de esportistas mais carentes para nobres iniciativas de perfuração nos remotos campos de gases rarefeitos da periferia. Nesses locais, por pressão interna, não se aceitavam cheques que não fossem endossados ao portador do recado monetário, o que era crime afiançável por umas cestas básicas bem simples, com dez ou 12 latas e demais ingredientes, como fibras e estimulantes artificiais do intestículo.

De toda maneira que se observava e refletia um curioso vaidoso, fazer cocô ou xixi fora de hora ou da privada, levar e trazer segredos, recados ou encomendas de traficantes, tudo isso tinha tanto sentido como ir à escola, ao supermercado de capitais, aos dois tipos de advogados, pagar uma conta, cacarejar, financiar Despachantes no Deserto ou esperar a morte chegar. O Menino Trancado, coração infartado, era um coitado, no entanto, pois sem nunca ter nos braços flácidos ("vida sedentária"/Ref.: Manual de Anatohomíya do Plano Teórico) o objetivo de seu *amour*, mesmo carnal e sem sentimento, continuava o sujeito a escárnios nos becos da cidadela.

Na verdade, o ultrapassado de seu Pai não cheirava nem fedia a fezes piores do que as deles próprios, razão pela qual a Elite da Civilização Brasileira não o culpava de ser filho de quem era. Era, por outro lado, o de um filho-da-puta daqueles muito diferentes, no entanto, o comportamento desta mesma referida Elite no que dizia respeito às maternidades. Machionistas Fundamentalistas ainda lembravam mal e porcamente de sua própria Mãe, atriz barata, antigüa, Santa ou Filha da Santa em sua legenda e *vis-à-vis* a prostituta de mensagens de angústia verdadeira nas noites das boites dos becos escuros do centro ermo da cidadela abandonada.

Não se sabe mais à altura dessa época se o Menino Trancado sentira-se atraído pelas vertiginosas plásticas que financiara, como se a Anciã fosse mais uma escultura de carne bem passada ou um equipamento de última geração que seu gênio inventasse, ou tudo não passava de velhos edíypos psicanagistas passageiros, mas o fato é que se envolvera mais do que o conveniente, às más línguas e linguagens, com a Desquitada. Ela era muito livre, desempenada e desimpedida de pressões morais, sociais e economíycas realistas, pois experimentara um pouco de tudo nas festas pornográfíycas do cabide da cidadelas e nos primeiros estupros (ainda gentis) da Guerra Civil da Civilização Brasileira. O Menino Trancado preferia em tudo um caso complicado, mas o caso que havia era aquele bem simples e ele simplesmente não estava acostumado a reclamar.

Essas coisas com as Mães dos outros, quando feitas, só são realmente permitidas com intervalos regulares de luto, aprovação dos vizinhos, amigos e filhos, assim mesmo depois de um casamento bem arranjado, acontecimento para o qual o próprio Menino Trancado não poderia comparecer pela natureza de sua posição isolada. A ex-Anciã Reformada estava satisfeita e insatisfeita, pois tinha e não tinha a companhia de um jovem muito mais novo do que ela mesma, que poderia tornar-se fugidíyo e descarinhoso a qualquer momento de sua imaturidade. No entanto e ainda assim, ela queria mais e mais e mais três vezes: um abraço como quem gosta, um beijinho, um apertinho na mão que fosse... Reclamava triplamente muito pelo fato de que "*ou tinha amour*", ou "*tinha sexo*", ou "*tinha dinheiro*".

Quando "*tinha os três*", no entanto e por carência dessas experiências mínimas que faltam mesmo às velhas, "*faltava noção para aproveitar*" melhor e mais eficientemente de sua felicidade enganosa. Porque engana-se quem pensa que os orientalíys não são apegados ao nada material, gostam da concretude das coisas metaphisíycas que se manifestam em estátuas de sexo explícito ou torres fálhicas espigônicas, bem como do velho e bom dinheiro vivo, até porque seus espíritos mortos costumam pregar-lhes peças de Teatro Non, quando também precisam de víyerbas de representação para os expensíssimos ingressos do Balé Oficial.

Não era erótico.
Era rítmico.
Por quê?

Porque sim, o Menino Trancado e a Anciã Desquitada não faziam um sexo convencional, harmonioso, tocante ou regulado pela Lei até certo ponto, uma vez que ele estava onde estava intocado e ela já tinha ultrapassado alguns desses pontos errados há muito tempo. Herdeira de diversas tradições zen-nudistas, a velha fizera muitos cursos rápidos e despachos sagrados por correspondência nas encruzilhadas das tíyendas do Deserto. Era, por força da implementação de mentalizações variadas e músicas Bosta Noivas para levantar cobras tocadas "na flauta", capaz de manter a elevada tensão do Menino em pé por dois ou três dias consecutivos sem alívio aparente, numa fissura nos átomos da Criança Gelada, que, mesmo com os equipamentos de mandar sangue quente para a cabeça de cima, fragilizava-se no raciocínio do desejo de vingança de Milâine. Na verdade, ele havia esquecido as razões de tal desejo, ou vingança, ou desejo de vingança por um tempo, pois essa iniciação nas técnicas do amour livre eram bem mais excitantes de se preocupar, embora mal consumissem toda a energia das pilhas de combustível, produzindo um líquido branco viscoso e meloso em suas partes pudentas e demais roupas de baixo, dotando-lhe de um perfume penetrante e acidulante com gosto de água sanitária.

O sexo praticado entre ambos não era perigoso porque não havia troca de fluidos gozosos. Permaneciam cada um na sua, pensando em seus problemas mesquinhos, fumando cachimbos de híyerbas boas de rejuvenescimento ou fascinação, embora maquinalmente se oferecessem de corpos e utensílios penetrantes variados no descalabro do prazer.

Ao vivo, a Anciã ansiosa punha-se de costas para a porta de cristal líquido da referida Geladeira, esfregando nela seus xales, pantufas e almofadas. A tela de cristal, por sua vez, transparecia da presença iluminada com faróis de xenoníyo na imagem do Menino Trancado, sentado ali no banco de couro estofado sobre o forno de microondas adaptado para as células de hidrogênio e mandando emissões de poesia nos alto-falantes laterais. A Velha sim era quem o tomava pelos lados, abraçando-o desajeitadamente, dada sua formatação cúbica e ausência de braços para o trabalho. Tal cena de sexo mal escrita, mal filmada e mal atuada, embora bem coreografada e montada aos maneirismos de Hong Kong por uma especialista em artes marciais e capoeira, inimigo do amigo de alguém que trabalhava num centro espírita da região, era de uma mistura confusa entre hesitação e excitação a toda prova. Hesitação porque queriam e não queriam, se aproximavam e se retraíam, se plugavam e se deletavam, entravam e saíam de perto um do outro, tentando penetrar as eróticas míyragens tecnológicas de suas mentes. Tanto relacionamento virtual terminou por carecer de um mínimo de prática no trato das bolas do saco dessas coisas, fazendo, mais uma vez, de um momento de interlúdio amoroso uma cena de escárnio nostálgico.

Coisas de família, pois a velha perínea recauchutada nas clínicas lembrara de algo que não imaginava haver esquecido um dia e nunca mais ter lembrado de passagem ou sacanagem no outro, quando acordava de ressaca e bebia para se olvidar: seu próprio filho. Aliás, nada mais natural, pois sua maternidade ocorrera com muitas décadas de antecedência, uma vez que viera do orientíy solteira e supostamente grávida daquele que chamava de Marido, o que o Pai de Nikata não gostava, preferindo simplesmente "amigo". Era o momento das grandes migrações pela fome da Civilização Brasileira, onde os que não se lançavam no mar de alguma coisa acabavam afogados pelos eventos em terra. No vapor *Tomak Noku*, diz a legenda, inclusive, fora forjada uma cerimônia de casamento de aparências, o que ocorrera no deck do convés, ao lado da piscina, com farta distribuição de comida orientalíy para ocultar o escândalo da mulher de sete meses e meio.

Esse *background* foi desprezado pela censura, sendo retirado na terceira edição. A emissão foi previamente preparada e gravada ao vivo, num esforço supremo de reportagem que envolveu os juízes mais destacados por suas Ferraris e apartamentos tríplex na beira das praias da muralha. Na cena final, por exemplo, o corpo da velha e o corpo metálico da Geladeira fundiam-se sem que pudéssemos saber como nem por que o que era quem de quem onde ou quando... embora fosse um efeito especial barato de sobreposição de imagens censuradas, liberando-as endorfinadamente, em conjunto e descombinadas, para consumo e alheamento Público.

"*Uma ambigüidade a mais ou a menos não derruba de vez a inconsistência dos conceitos!*" Era o que asseguravam as mensagens cifradas dos pós-doutores e Despachantes do Deserto em suas *junk mail*. Abrindo novos arquivos, cursos de verão, planilhas simuladas e fichas cadastrais eles infestavam de trabalho os carteiros com folhetos de papel reciclável, onde vendiam gato por lebre, camarão frito por lagosta e cerveja quente por urina fria. Aos arianos e publicistas fascistas italianos isso tudo muito gostava e mamavam de seus canecões azedos enquanto arremetiam contra nossas indíyas desnudas e oferecidas, tudo querendo para morar em Barden Baeden da Putak

Paríyu, onde desfiavam um rosário de lamentações onanistas e usavam heroína nas veias perto da Estação Central para conseguirem fazer "amour" com os quais tinham jurado de morte e "fidelidadíych protestantíych" (do Guarany-Puruníi Africaníy "cuerpo fetchado") para sempre.

Do lado de cá da muralha, nada era indiferente e tudo servia a alguém por alguma coisa, por menor esforço e preço que fosse. A questão não é saber se a vida venceu, ao contrário do que a Mãe do Menino Trancado lhe ensinara quando era apenas um... "menino"... mas a que pequeno precinho.

"*Deixar andar para ver onde vai cair*", era o grande *slogan* da SONA, Sociedade Ortopedíyca Nacional, mas servia para muitas coisas além de ossos quebrados, fisioterapias alternativas e pinos na bacia. Se todos os Bombeiros Voluntários e Motoqueiros Apressados usassem os capacetes obrigatórios, obrigatória e aleatoriamente teríamos desobrigado as UTIs Públicas de contratarem tantos médicos ruins e enfermeiras bonitas, os dois tipos de funcionários mais caros ao "Sistema" de Saúde, por logo se aposentarem sem trabalhar, como certos Despachantes desonestos e todos os juízes, que eram ladrões de uma vez por todas.

Por essas e outras a emissão foi um escândalo considerável por muitos e especialmente por Nikata, o jovem empresário íyaponais que também estava consumindo as imagens ao vivo, avisado por inimigos sarcásticos, puxa-sacos das comunidades alternativas e por inúmeros de seus funcionários privados. Nikata havia aberto a ONG/Fábrica de Yogourth Saluthí e prosperado vertiginosamente, vendendo merenda azeda para todos os Templos do Sistema em copinhos de plástico dotados de colherinhas igualmente plásticas e não recicláveis.

Em meio a tudo isso, é bom lembrar, o Menino Trancado ainda ganhou de presente uma concorrência lesiva ao Patrimônio do Governo, para o fornecimento de utensílios de cozinha e balanças de cem gramas a um grupo de traficantes de escravos brancos, o que o tornava ainda mais visado, louco, eurotizante, ambivalente, Rico e estressado. Uma vez que o dinheiro não era de ninguém e ninguém reclamava pela falta dele (ausência de participação popular), o Menino Trancado recebeu duas indenizações, uma pela outra, duplicando seus rendimentos de proventos.

Dinheiro não era problema.

Problema era gramática, o estilo, a fluidez do texto a qualquer preço, a cadência das idéias em desalinho e o "amour" frustrado, de forma que se educou e dedicou-se pacientemente na elaboração de um novo gênero de programação vingacionista, algo que reverberasse dentro e fora dos mourões de concreto da cidadela realista, que acossasse as fogueiras de vaidades dos pós-doutores e Despachantes do Deserto, que escalavrasse a moral, os bons costumes e os maus elementos, garantindo empregos (portanto taxas e demais impostos) para os repórteres comprados por laudatória: a Reportagem-denúncia-padrão.

Na Reportagem-denúncia-padrão, normalmente alguma coisa deveria ter ocorrido de errado. Não era apenas normal e errado o que teria ocorrido no sentido que lhe dá o Dicionário da Escrita Oficial através do Plano Teórico (o de "incerto"), mas algo pior, doloso e danoso, kulposo e kulpante, dotado de um valor simbólico capaz de catalesionar todos os músculos dos outros Pobres (malandros, preguiçosos, covardes) e alguns Ricos (como os juízes hereditários ou ladrões de galinha de despachos do Deserto), de maneira que, ao final, alguém fosse punido ou aumentasse a audiência do "Sistema", abrindo demais espaços cronometrados para a propaganda com fins lucrativos da coisa púbica deprivada de atenção.

O "Caso dos Yougourts" tornou-se uma Reportagem-denúncia-padrão de alcunha social e policial com roteiro assinado pelo Menino Trancado, mas chupado e escarrado e depois chupado novamente de Morthimer Grantníyer (escrevera alguns livrinhos sagrados de auto-ajuda protestante) e Reneé Magrice (co-author da *Nouvelle Vague*), que se amavam livremente à grega, fazendo, segundo os conservadores, "*da vivência cotidiana um videogame de gato e rato pornográficos*". Moderninhos, embora não mencionados nos créditos principais em haver, o programa enjoativo fora tido como muito ácido demais contra o "Sistema" e acabou famoso por envolver diversas crianças brancas que desviavam as merendas azedas e as galinhas mortas dos despachos das de outra cor por convicções racistas ou idealistas. Muitas dessas crianças brancas morreram envenenadas no pó da estrada onde deambulavam como as galinhas de pescoço inflamado em meio à farofa, mas o Governo nada fez pelos miúdos claros, fazendo jus a que igualmente nada se faria em se tratando de maus-tratos, envenenamento ou chacinas de coraçõezinhos de galinhas ou crianças de outra cor.

Quando alguma ONG, no Governo ou fora dele, pedia as suas explicações, eles simplesmente cacarejavam demais ou se calavam de tudo, como o Pai do Menino Trancado, embora não estivessem presos sob coação de qualquer espécie para nada de irrelevante mesmo. Também podiam enviar um representante de vendas de gravata, bigotes e relatório. Esses representantes tinham a lábia peluda da habilidade de serem muito simpáticos, muitos deles poetas bêbados ou pintores de natureza-morta em meio período, o que lhes permitia passar cantadas, a língua espevitada e mesmo alguns dos demais órgãos sexuais pelados nos tailleures das adidas kulturais embaixatrizes indefesas, ali apenas para tomar um drinque ("*gim-tônica, porra! Por favor!*", como diziam) e ir à próxima exposição, feito ganhassem por produtividade, canapés exóticos, fotografias em Columnas Sociaes Gregas e/ou badalações reais com víyerbas Públicas da Arte Oficial.

O Menino Trancado contratou diversos especialistas fraldolentos em pheidiatríya e inúmerosos laudos forjados nos Hospitais Públicos para provar que o azedume da mistura Salutíy se devia à má qualidade dos ingredientes, dos rótulos e das embalagens recicladas, bem como da produção, armazenagem e transporte do produto sob o Sol forte. Acontece que os Hospitais Públicos eram, na verdade, divisões avançadas dos Prontos-socorros de Urgência, melhor preparados para ferimentos múltiplos de balas .50, fornecidas às tropas do Governo Nacional para a manutenção da ordem acima de tudo, especialmente do Progresso vertiginoso que ameaçava subitamente. Desse poço de contradições só emergiam documentos feitos nas coxas, numa rapidez de vida ou morte, o que os desqualificava in limine pelos juízes ladrões, gerando alguns dos inúmeros prejuízos às contas Públicas do Orçamento Nacional, mas mantendo-o intocável para o desenvolvimento que adviria um dia (quando?).

Nikata, sabendo que o Pai dava mesmo os seus tiros pela culatra e tinha boa pontaria, voltou a engatar laços de amizade filiais, abrindo diversas unidades recondicionadas dos seus negócios pelo país, vendendo segurança privada aos oficiais do exército. Enquanto isso e porque era meio esperto mas meio bobo também, pagou direto aos juízes ladrões canalhas que achavam que tinham alguns demais direitos sobre isso em seus latifundíyos de mansões *ressorts* de sete estrelas na costa El Dorada da Bahíya e sempre se mantiveram dispostos a receber mais e mais e mais proventos três vezes três, conseguindo reprovar por A mais B igual a C que a sua "mistura trágica" (maneira de o empresário íyaponais referir-se ao produto Salutíy/Ref.: termo retirado do laudo) possuía sim um pesado e forte azedume acre e doce de leve, mas que esse se devia aos bacilos de

Thomas Berhardt Koch, asmáticos, que o produto era obrigado por Lei (Ref.: Constituição Femural) a inserir direto na veia da bula, gerando fermentação espontânea inadequada e que, por fim, preparar o paladar populacional Nacional como um todo, desde a mais tenra idade para as agruras e maus gostos indigestos e indiferentes do "Sistema" como faziam os comunionistas peidóphilos, configurava não um desrespeito às Leis das Concorrências Fraldolentas do Estado de coisas mas, pelo contrário, um estímulo patriótico à cidadania de toda a juventude da Civilização Brasileira.

O PRDP, Programa de Reportagem-denúncia-padrão, fez tanto sucesso que praticamente se transformou num Partido Politípico, influindo violentamente naquilo que desejava destruir com palavras vãs e Athos Institucionaes. O Menino Trancado, de todo modo e inesperadamente, perdeu as datas de divulgação das instâncias dos processos por justa causa, conseguindo evitar a Pobreza mais coercitiva por seis ou sete das aposentadorias milhonárias que o Supremo acéfalo e pedinte lhe doara em estímulo cienthífiyco.

Nos Tribunais de diversas instâncias jurisdicionais extremamente corruptas e dolosas ao "Sistema" (porque as pessoas não perdoavam-lhe o sucesso bem-sucedido dentro do aparelho refrigerado e o acionavam em todos os sentidos de suas atitudes nas revistas de fofocas acadêmiycas), ele alegava e alargava os mesmos argumentos incongruentes tanto para exibir os bons como os maus exemplos, ora pleiteando a cobertura dos véus obtusos do Segundo Remendo da Constituição, através do Atho Institucional Número Três, um dos mais desconhecidos de todos os outros 13 mal escritos mas bem editados à Carta Magma da década de 36, lhe permitindo afirmar Publicamente qualquer absurdo moralista que desejasse, como por exemplo, a invocação de justificativas democráticas ("*até os nazistas da Birmañíya leniñíysta têm horário no rádio!*") ou mesmo o contrário delas ("*Auslanders Haus*", conforme afirmava seu *slogan* do momento, importado de Frânciya, na tela de cristal líquido) como a necessidade de censura a certos esgremismos dos imigrantes sindicalizados das Prefeituras Xíytas de isquíyerda.

Uma coisa ou outra, é claro, dependia das convicções e comprometeções que os juízes ladrões faziam do Direito Romeño, o mesmo que havia se vergado em preces rituais, umedecido com os lábios e abaixado as costas das togas às favas de onde lhes penetrassem com um grosso calibre redondo de moedas geladas e dinheiro Público recém-esquentado pelos Despachantes do Deserto para os traficantes de "influenza" (o recém-feito "Sir" Nakhano Nikata, nova nomenclatura do ex-pai e atual amigo do filho íyaponais era um deles muitos).

Por todas essas escarafuças religiosas, a derrota jurisdicional já era prevista e prontamente esperada pelo Menino Trancado. Isso de conhecer antes ou depois os resultados dos fenômenos pouco importava naquela época, uma vez que mesmo com todas as mudanças absurdas que ocorriam de uma hora para outra, agora mesmo, por exemplo, tudo teimava em perpetuar-se como estava, numa antimatéria de continuidade particular da Civilização Brasileira, desafiando de eterna mesmice os desígnios entrópicos do Universo.

O evento fatídico e rumoroso a saber e que de fato mudou ruidosamente os descaminhos do personagem foi a visão de nada de mais nada de menos que Milâine nas barras de um Tribunal de terceira instância do Governo (onde as ações principiavam para o sem-fim).

Naquela época de crise economíyca, os processos ficavam parados, para que os juízes ladrões os usassem como rascunho ou papel de embrulho, de forma que as sentenças ficavam enroladas, amassadas e muitas delas rasgavam, reduzindo as penas de todos à devida proporção do documento apresentado ao referido ladrão, isto é, juiz.

Nem tudo era uma questão de papéis e nomes imprecisos mal escritos, mas ela... a menina corcunda que lavava louça para fora na periferia da cidadela... ela, de doce nome juvenil Milâine, na verdade não usava mais essa alcunha, mas uma outra, no caso, Masha Milâineskaia, numa tentativa torpe, rústica, ridícula e grotesca de esconder sua antigüa identidade num sobrenome esquisito, melaminoso, porém semelhante a diversos personagens Toscoiévskianos humildes e velhacos, com corcundas, unhas sujas de revolução e olheiras. Ela em nada parecia com o âmago incandescente desses personagens que viviam no frio da esperança. De Geladeira o Menino Trancado entendia por sinal e, por todos os sinais evidentes de se observar, ela era outra menina, mais mulher, mais aperfeiçoada, mais esposa do outro e mais rechonchuda (tivera dois fetos de menina que não vingaram e três meninos que não paravam quietos naquela época). A menina-mulher, apesar de exausta, parecia renovada dos traumas da gravidez e dos primeiros dias de vida de sua prole, o que se percebia claramente pela firmeza das nádegas com que caminhava pelo recinto cerimonioso, como se alçasse um vôo de quatro desde uma taça de champanhe para aterrissar no assoalho movediço ou tivesse erguido um cisne branco acima da cabeça, pendurando-o no pescoço como guirlanda, evidenciando em rebolos e mancações uma nova estrutura incorcunda, retilínea e uniforme.

Aquela não era uma cerimônia de nobres intrigas shakespearianas ou pobres entregas de prêmios entre os Ricos, mas contam as legendas por baixo das fotos dessa época (vendidas autografadas aos milhões pelos Despachantes na porta da muralha, como "souvenirs") que assim que o Menino Trancado partira para o Deserto dos Cursos Rápidos e Despachantes, o íyaponais Nikata seguira para a casa da então Milâine, propondo-lhe um casamento de conveniência, desesperado e apertado, de muitas expectativas e dificuldades, arranjado entre os antígüos despachos aos pés das muralhas da cidadela. Milâine, sozinha, medrosa, porosa, assustada e precipitada, mística formada nos livrinhos sagrados de auto-ajuda e nos rituais de música Bosta Noiva, lançara-se ato continuum nos braços branquinhos do orientalíy, tudo pelos hormônios do matrimônio, um prato de comida ou porque não agüentava mais lavar louça sozinha para fora na periferia. Desde que o Menino Trancado, então... "menino", ou simplesmente Menino, atual Menino Trancado, havia-lhe quebrado o vaso ritual nórdico ao bater-lhe nas costas engasgadas, fora obrigada em diversos processos de curadores internacionais a recolher e lavar todas as xícaras de café expresso e cumbucas de *cookies* de colesterol bom e a limpar impecavelmente toda a esbórnia que os artistas conceituais faziam nos centros kulturais dos morros do "Sistema". Além dessa subserviência aos Instituthos de Pesquisa forçada pelas perfomances de teatro-dança folcloríyca mais obtusas, o íyaponais também dispunha de saberes eróticos zen-nudistas para a determinação e controle da menina-mulher pelo baixo-ventre. Por baixo... isto é, por intermédio de hipnose e manipulação localizada, arrebatara de vez e para sempre o coração (fraco como de galinha morta), os seios (desempenados) e as coxas roliças (parte que preferia), bem como o conjunto reprodutivo e excretivo ("coitum anae", do Guarany-Purunííi "los placeres della míyerda"/Ref.: M^{2}IPT, Manual de Medicina Ilegal do Plano Teórico") da referida Masha, ou Mashinha, como o marido a apelidara.

O reencontro de Milâine como Masha ou Mashinha Milâineskaia tivera um forte impacto feminino no peito fechado do Menino Trancado, que, naquele momento, no agora mesmo daquela época, revia de volta as memórias de lembranças ocultas que evocava do antígüo passado conjugal (eles nunca se casaram no papel de pão por mera vergonha de manterem as aparências no dia seguinte, na hora de buscar leite, ovos ou broas de milho, mas consideraram a experiência letal como o conjugíysmo).

O fato é que Masha Milâineskaia, ou simplesmente Masha, não tinha olheiras, andava de cabeça erguida, era gordinha, mas a corcunda tinha desaparecido. O Menino Trancado mal a reconhecera empertigada e reestruturada. Pensou em alimentação natural, imaginando, para a própria autoflagelação, que os bacilos de Thomas Berhardt Koch do Yougourt Saluthíy que demonizara no "caso" do processo seriam, na verdade, uma panacéia para os descapacitados, fazendo mudos falarem pelos cotovelos, cegos andarem de bengala, tetraplégicos moverem os pulsos, aleijados caírem de joelhos e, por fim, transformando meninas Pobres em esposas Ricas. Esse era o único tipo de ascensão social possível, uma vez que as Universidades estavam fechadas temporariamente para Reformas no ensino.

Essa reforma foi cosmética, financiada por um industrial careca do ramo de tintura para cabelos. O que causou grande espanto e algumas intoxicações mentais nas crianças, pois tinham visões horríveis e uma força real muito próxima do realismo da realidade. Era uma época daquelas como a elas referiu-se certa vez aquele cineasta Oficial metaphisíyco sueco, "*quantas vezes não levantamos mal e mal do sonho e percebemos que a vida é bem pior que um pesado pesadelo?"*.

Era mesmo ainda muito pior demais, pois qual não foi a desorientação espacial (conseqüência da microgravidade), angústia de isolamento (conseqüência da microgravidade) e desespero existencialíysta (idem-idem-idem) do Menino Trancado ao perceber que haviam sido justamente as técnicas de Plástica & Silicone desenvolvidas pelas empresas de vale plástica do Monastério do Embelezamento Fundamental (recém-criado a partir das experiências genéticas com a Anciã) o que permitia os avanços cienthíphiycos notáveis no ramo em certos bairros cariyocas (Copacabaña und Moehma). Lá fora sua ex-mulher (que de um modo ou de outro o Menino Trancado nunca fora mesmo homem para possuir de uma maneira qualquer) ter a coluna corrigida em 12 cirurgias de readaptação fisioteraphíycas, bem como 24 prestações iguais mensais de convênio para pagar! Nikata, ainda por cima, por baixo ou de ladinho, conforme doíam os cortes no ventre da ex-esposa remoçada noutra coisa, pagara baratíssimo em cartório, com moeda podre defecada pelos Despachantes e merenda desviada o que obtinha de novos prazeres com a mulher transformada em objeto sexual escravo.

Terrível escravidão era aquela, pois mantinha a ex-mulher obrigada ao sexo anal interrompido com o atual marido, deixando-a fora de si e de costas quentes!

Coitada...

Coitada mesmo, no caso.

O caso era de estupro, mas foi tratado como prendas domésticas, já que a fortuna de Milâi... isto é, de Masha, era pequena em comparação à do próprio marido que a financiava (jóias, pratarias, roupas de cama). Nikata, por ser a fonte dos recursos, poderia subornar melhor, de forma que os juízes jamais atenderam ao pedido da criança, da menina, agora mãe e mulher, mas continuamente escrava.

"*Nada como mudar as capas dos livros para ver o que a crítica pensa do que se lê estampada*" era o tema de uma semana de eventos frescos jogados no ar-condicionado da Biblioteca do Congresso & do exército que, por não terem vontade ou sabedoria de leitura, juntavam os cadáveres esquisitos dos acervos repetidos de livros grossos e de páginas coladas em porões úmidos e empoeirados, lá onde os jovens, dizia a legenda da oposição, eram torturados com alguns dos piores entre os seus próprios exemplos parnasiyanos.

Estes acadêmiycos militarizados tinham uma certa tensão no baixo-ventre todas as vezes em que recorriam às fardas abandonadas nos vestiários, aspirando seus versos de certas roupas de baixo, bem como transformando-se em musas inspiradoras com perucas, botas douradas de salto alto e bolsinha combinando. Tomando chás caríssimos, importados de Bembele em navios negreiyros brontânicos (a Princesa, agora Princesa-mãe, também gostava de ter em casa os seus "seven little negars", como sugeria um dos livrinhos secretos de auto-ajuda escritos por uma comadre gorda). Tais chás expectorantes (do Guarany-Purunîi "caga-neíyra") empulhavam de esterco vaporoso os eventos sociais, porque agora, apesar de arcaiycos, seriam considerados modernos por Lei. Reza a legenda que muitos juízes ladrões passeavam seus carros importados com motoristas acobertados por essas cerimônias de falta de sexo explícito, com a vaidade de que seus bíceps (dos motoristas) e acordões fossem considerados literatura exportável para toda a Civilização Brasileira sob a forma de compras Públicas. Os livros dessas compras eram considerados pesados e péssimos em sua maioria e pouco razoáveis e leves em sua minoria, sendo, na média, ingênuos, infantis, tolos, voltados às crianças menores, indutores de erros, preconceituosos e mais para bebês hidrocéfalos mesmo!

Das memórias juvenis ele evoluíra para a visão de Mashinha Adulta, uma verdadeira Masha, com suas olheiras de San Peterxpurgo maquiadas por Giorgi Blush, penteada por Camila Putin Parking Bols, vestida por Alexander Haig The Great e calçada em Franca, por alguns industriais pauníystas fetichistas. Lá estava a musa (o Menino Trancado obtivera desautorização acadêmiyca para conceituá-la como tal) debruçada sobre o balcão de madeira da Lei do Tribunal do Governo Nacional, onde as contas e os acertos eram feitos diante dos jurados enjoados, que aprovavam ou não as refeições *delivery* enviadas, em conformidade com percentagens e riscos de assassinato atualizados estipulados pelos juízes ladrões que se desviavaram das balas no Atho Institucional Número Cinco, na década de 68 para 69.

Aproveitando as hesitações do júri na sessão que nunca começava para não dar trabalho e talvez desconfiando inconscientemente que numa Geladeira qualquer daquele recinto doloso houvesse um Menino Trancado, o perverso marido, Nikata, com todo o direito de posse que a certidão de matrimônio lhe conferia, pegara a mulher desprevenida e a possuíra debruçada mesmo, fazendo-a ter sexo não consentido com ele e mais três dos cinco guardas que o acompanhavam naquele processo espremido e obscuro.

Enfim: para encurtar essa história que tinha tudo para ser comprida, cumprida, túrgida e molhada, os presentes se sentiram constrangidos e excitados, pois dispuseram sem querer de uma sessão de 45 minutos com os intercursos mais explícitos e agritalhados, com tapinhas no lombo, palavras doces ao ouvido e cuspe na palma da mão.

"Doeu, mas eu tive que agüentar, não me perguntem por quê."

Em uma Masha daquelas deveria doer mesmo mais do que para as outras princesinhas rústicas, que se riam, se contorciam e se coçavam em sintonia ventral. Assim eram o tribunais, onde a catarse era catastrófica.

Quanto às outras mesquinhas questões de vida ou morte, para estas serviam as instâncias inferiores dos Tribunais Supremos, de maneira que de um modo ou de outro todos se enrolavam em alguns momentos dos seus processos, lamentando sentenças compradas ou vendidas na hora errada, descobrindo o seio esplêndido da Bolsa de Valores.

"A gigantesca maioria, se não todos os juízes, era realmente muito ladrões naquela época realista!": em algum momento deve ter se dito isso, embora nunca seja o insuficiente para despertar os mortos inocentes ou locupletados. Além do mais, aquele também fora, durante muito tempo, o *slogan* dos advogados corruptos, antes de ele ser banido para o cartaz de um cinema poeira nas franjas do "Sistema", nos fundos de uma casa de câmbio na Fronteiyra.

Pressionados por esse lugares revoláteis e Estados inacessíveis, todos se conformavam confortavelmente de alguma maneira à maionese desandada em que havia se transformado a salada quente de bucolismos antigüados e butolismos ultrapassados que os Tribunais faziam.

Coisa alguma melhorava.

Nada.

Nada mesmo, de forma que havia um projétil de Lei transmudando em sigilo de injustiça no Congresso de interesses visando que a palavra "nada" permanecesse para sempre, ao contrário da palavra "melhora" (do Guarany-Puruníi, "embaladjeíyn"), que seria seqüestrada, despida sem delicadeza, estuprada, violentada, morta e banida de vez do Dicionário da Escrita Oficial e de todo o Plano Teórico.

Essas coisas sem sentido sim tinham tudo de bom para dar muito certo entre aqueles errados demais! O vento era fresco, o solo continha dejetos fermentados em boa quantidade, a educação também estava bem atolada à mistura, enquanto a distribuição de ríyenda fazia reíyr-se até aos mais pobres habitantes ladinos dos Estados Suínos. Sobre bases como essa se assentava a lavoura desta terra de capatazes, juízes e cartórios.

Por falar nisso, os Despachantes, honestos ou desonestos ao acaso das oportunidades, fizeram um acórdão no Congresso, estabelecendo com os juízes ladrões uma aliança de ouro 24 quilates com certificado carimbado sete vezes falsificadas e mentirosas no Deserto, garantindo vil metal a todos os vilões envolvidos na negociata (conhecida como "*Castilha de Ariña*", em portuníyol arcaiyco). Na verdade, o butim destinara-se para uns e para outros alternadamente, pois as víyerbas Públicas e utensílios de prata haviam sido corrompidos à metade da vileza que valiam pelos indíyos.

Quanto ao Menino Trancado, sua proibição de obter lucros cessantes havia parado, que ninguém é de ferro, embora soasse mal para alguns que ele usasse aquela caixa de metal, aquele colete à prova de balas e doces e beijos, o que lhe afastava os fãs, cujos pais moviam processos de terceira categoria em todas as instâncias, pedindo indenizações milhonárias por peidophilíya, estimulados pelo mastro do astro de GIPROBIN, Grande Irmão Preto e Bicha do Norte, famoso *show* de teatro-dança folclóriyca, em cartaz há 77 anos mentirosos na Breadway (fundos da cidadela).

Procurado por seus dois tipos de advogados alternadamente, para cachês, honorários, horários e acertos, o Menino Trancado fora aconselhado a entrar novamente em cena aberta.

"*Volte ao trabalho mole. Qualquer trabalho, um trabalhinho duro qualquer, depois passa... Nem precisava ser remunerado... porra... um filminho, por exemplo?*", era o que sugeriam aqueles profissionais liberais, mas insidiosamente, bem por baixo do pano mal quadriculado da mesa do restaurante. Os Advogados, tanto o Honesto Lento como o Corrupto Ineficiente, lhe informaram ao ouvido (através da tela de cristal líquido), em sussurradas palavras que lhe davam um arrepio esquisito, que: primeiro, "*havia financiamento através de renúncias fiscais em cascatas aprovadas e construídas pelo Supremo*" e, segundo, "*bastava mandar um book para bookar uma certa víyerba boa e fazer o tal filminho a partir de um livrão que o traria de volta ao Jet Set de Filmagens do Governo*". Podia ser muito dramático, viscoso e vistoso, recuperando a baixa auto-estima da Idade Média da audiência.

Ele voltou... "agora para ficar", diziam em seu nome, mas ninguém o levava a sério nas emissões dessas informações planejadas e urdidas pelo SCI nos porões ensangüentados dos Estados Nacionais.

Na verdade, o que mais estimulava a curiosidade era que ninguém que fosse um Rico tão sério poderia querer ficar por aqui, isto é, ali, que, além de ilegal, não era nem legal, nem era sério, nem engraçado e onde as Leis só pegavam quando se apagavam às custas dos Pobres, por trás, à traição dos juízes ladrões.

"*Onde tudo e todos podem reinar, devem reinar em nós os medos da possibilidade!*": esse era nada de mais nada de menos que o *slogan* criado pelos publicistas fascistas italianos de barba malfeita para o Governo do próprio "Sistema" no ano que vem, que aliás era ano de propaganda politípica e eleição! A eleição havia sido proposta pelo Congresso, pois muitos depurados e seladores haviam finalmente sido mortos em corredores pollonaíyses antisemithíycos, abrindo vagas nas cotas para que os franceses bronzeados de *Biarrischwíytz* pudessem colaborar, penetrando a coisa Pública e obtendo as suas indenizações em ouro sem dono dos bancos suitzíyos.

O Menino Trancado, por força desses solavancos históricos histriônicos, deveria receber novas víyerbas comprometidas com um projeto de desenvolvimento de horários de Programas de Reportagem-denúncia-padrão locais, revelando a cor esmaecida das manias e doenças de cada região remota da Civilização Nacional. Tudo indicava, portanto, um ano bom, sem maiores agravos, greves e pequenas catástrofes naturaes ou industriaes (os conhecidos Industriaes Pauníystas, irresponsáveis pelas loucomotivas do sistema de transporte ferroviário, haviam conseguido a remarcação de suas safras, onde pretendiam esgotar a lavoura da terra e vendê-la em torrões para escultores e cozinheiros cearences).

Parecia que havia uma melhora significativa, mas era o nada que prevalecia.

A palavra "melhora" (além de "mudança", por exemplos), também entrara em "*risco de tortura e banimento*" por parte da PF, do SCI e do exército da salvação, de forma que todas as melhores expectativas estavam proibidas até de se pensar distraidamente sem uma segunda ordem confirmada por um superior bem acima.

Esse tipo de "propaganda de desespero" era recorrente aos períodos Históricos. Tática importada da ashitprop rústica da década de 17 encontrava-se sob discussão no Congresso Macarthíysta da Brasileíya, além de responder a diversos processos por grande plágio de linguagem oral nas "chamadas para conversar" do Supremo, quando se discutiam as víyerbas de cada um dos lados em conflito de interesses pessoais.

Todos, na verdade, não se mexiam mas se esbarravam e esperavam a liberação de novos recursos materiais e humanos para sincronizar os despachos das emissões de sentenças lesivas. Os Despachantes mal se viam, mas sempre estavam envolvidos com certeza, especialmente porque por certo não faziam nada para ajudar, no máximo do mínimo errando pelos arquivos e misturando as gavetas, prejudicando o desandamento vagaroso e rumoroso dos processos em interesse próprio, sempre que possível, exclusivo e desejável, egoisticamente falando.

A Civilização Brasileira importava novos mitos e armas pesadas a cada gestão, esgotando os gargalos dos recursos extorsivos e abusados, destruindo pontes de concreto armado, terrenos baldios de lixos espalhados, estradas sem fim e viadutos que não passavam por nada para o PQ(T),

Plano Qüinqüenal (Teórico) do Monastério da Reconstrução Nacional (recém-criado em concordata com o Jurisdiciário errático) de forma que muitos emblemas, significações, edificações e líderes nazistas fuheríyanos da Zona South, do Projeto Manrat Shade e do Grupo Bunge & Kondor S/A foram ressuscitados às plásticas dos Instituhos Kalifor-niyanos para discursos emocionados na Federalização das Industríyas de San Pedro e Saint Baplo.

Muitos dos expoentes sindicalistas mais exaltados em todas as diversas tendências e suas respectivas múltiplas esposas fundamentalistas cobertas de panos e escárnio foram misteriosamente aisladas, torturadas, estupradas, violentadas e assassinadas nos porões de Bois nos Aires, Santhiago de Compostilha, Tutoíya Road and Princeton Street, ação perpetuada pelos trapalhíystas brontânicos e suas princesinhas compradas na Ghirlanda leiteira, bem como pelos "AIS", Agentes Indiscretos Snipers da PF dos Estados Suínos. Como os ladrões, isto é, os juízes das Cortes Internacionais de Injustiça da Heil (Holambríya), estavam comprados pelo Programa Espacial da Frente Rústica (projeto dos dois Ônibus Espaciais Gêmelos, de 35 lugares, *Tchaulenger* e *Revengerenski*), tudo poderiam fazer para mandar o que quer que fosse pelos ares, se não recebessem à propulsão a jato uma boa parte dos estilhaços e vazamentos de combustível sólido que caíssem do céus em pára-quedas que não funcionavam na hora certa.

Por incrível que ainda algo pareça daquela época e deste romance-reportagem, muitos filhos e filhas de sangue eram deserdadas pelos Pais para serem criados em desconfiança pela tias velhas, mas isso não contribui em nada para a melhor consecução desta narrativa. Nem para a pior, de forma que paramos por aqui. Quanto a isso.

O nada permanece e permaneceria, de todo modo, por um Atho Institucional qualquer (... número 12 ou 15... com certeza... parece...) do Congresso Acadêmiyco daqueles bebedores de chá de boldo de bolso e por absoluta preguiça ou covardia dos executivos do Governo.

Agora que o Governo achava melhor ser privatizado, inventara "o executivo", contratado a peso de ouro pelos Head Heavy Hunters e Agentes do SCI.

Era uma verdadeira ameaça velada de voltar a explosiva explosão chabu dos anos da ultrapassada década de 77; na verdade, por certo considerada com certeza a década de promessas perdidas mais amenas e mentirosas por servis civis e militares recém-empossados por golpes democráticos nos bolsos de todos os juízes que transbordavam de tesouros e ilhas perdidas nos cassinos dos traficantes de "influenza" da Ribalta, flagrados e fotografados inescrupulosamente, em adultério, nas praias, piscinas e mesmo nas unidades do *Country And Western Union Club*, uma conhecida franquíya de Paraíysos Fiscaíys dos Estados Suínos.

"*Tudo nesta vida tem seus 15 minutos de interesse e desaparece sob os véus do esquecimento*": esse era o *slogan* warholliano da Reality Shows e o Menino Trancado manteve-se durante esse momento tumultuado da Civilização

Brasileira preparando sua revolta à programação normal. As víyerbas foram disponibilizadas rapidamente para o filminho e o que era um livrão foi transformado num livrinho, vendendo mais da metade da edição de capa dura, rija e enovelada de veias de três milhões de exemplares de comprimento.

Normalmente tudo voltava, especialmente o que havia de pior, como já se deve ter percebido de um mal modo ou de outro sob a forma de mensagens e massagens sutis no ego do leitor (*Obs.: os editores deste romance-reportagem desaprovam essa menção explícita, porém necessária, uma vez que é o dito 'leitor' quem, em última instância de qualquer Tribunal do Governo, compra o referido livro, ainda que o arremesse na barafunda das estantes de memórias catalongadas assim que chegue ao aconchego do lar cheio de crianças barulhentas e vizinhos que batem nas esposas às duas da madrugada, quando os gritos de socorro reverberam por persianas assustadas e moídas no trabalho doméstico servil.*)

O Menino Trancado continuava controlando todos os eventos secretos e abertos de sorteios de brindes e loteríyas do Governo. Havia obtido as concessões a baixo preço, agora mesmo, às custas de uma chantagem liminar perpetrada em alguma instância por um juiz xíyta "de Deretcha" (do Guarany-Purunííi Spaníyol: "reacción à una causa, o calça") em fuga, facultando-lhe para sempre tal poder. Por força do que estava à mão para masturbação (fora da Geladeira, é claro, mas que podia muito bem ser acessado e manipulado pelos braços mecânicos recém-adquiridos à NASA do B), tratou de usar seus "expedientes mágicos", conforme confessara em entrevista ao vivo já naquela época, para criar uma nova agitação insidiosa.

Era uma Terça-feira, um dia que se avoluma de tédio e desesperança de chegar a Sexta, ou "siesta", entre os trabalhadores que ganham pouco, são mesquinhos, sem ambição ou ingênuos.

O Menino Trancado, dest'arte infantil, fez porque fez de si uma pessoa preocupada com o futuro e o futuro era o espaço. O espaço era escuro e, segundo Giorgio Bütcher (açougueiro romântico da kultura aléman/Fonte.: Histologíya Oficial), se compunha de um quadro-negro com alfinetes enferrujados a modo de estrelas. Ora, isso fora na ultrapassada época etnocêntrica, quando os homens de bens, loucos da cabeça, acharam que iam dominar o mundo com os nervos de peixes mortos nas academíyas de Víena (cidade dos publicistas fascistas da Serva Kloaca). Suas idéias fora do lugar foram perseguidas até muito longe pela polícia politípica da época e, quando os fugitivos desfaleceram de turberculosis, num suicídio em massa lento e agonizante como as baleias que querem trocar os elementos, os Agentes os deixaram onde e como estavam, para exemplo, produzindo seu característico olor nauseabundante.

No espaço, o sideral e mais além, de todo modo, estava provado e era claro: havia um buraco escuro escancarado que sugava de vez toda matéria energética, orgânica e inorgânica! Como uma tomada, como um ralo, como um coisinho... um... bem, o fato é que provavelmente Giorgio Bütcher tinha razão, embora suas metáphoras fossem consideradas, pela Elite, de "mau gostismo". Nesses obscuros espaços a matéria era transformada, na outra ponta do complexo do "Sistema", em antimatéria, o que dava o que pensar, porque não servia para nada, gastava o que tinha e não podia ser industrializada em embalagens de meio quilo pelos industriais pauníystas, sempre prontos a estabelecer algum abuso comercial com todas as coisas lesivas e desprovidas de recursos úteis.

Como servia para o nada e o nada prevalecia por esforço de Lei, tudo continuou vazio como estava, embora as pessoas não se dessem conta de o quanto aquele silêncio horroroso, assustador, angustiante, reverberava em sua História Oficial, naquela época e até hoje, muito provavelmente amanhã também, "*se Deus quiser*".

"*Se Deus quiser e se o Supremo desestímulo mandar*" era o que afirmavam os juízes ladrões mais frescos, entrando em campo de salto alto e minissaias niqueladas, eles que abandonavam as togas nos eventos esportivos para aproximarem-se melhor dos ídolos suados no vestiário.

Era o futuro, então?!

Que Diabo...

Ao Diabo!

Que seja o futuro...

E como no pouco que mal se intuía do futuro só havia a triste míyragem hereditária das cousas, das causas e das casas das famílias, tratou de aproximar-se geneticamente daquela que não era mais aquela, mas que era aquilo mesmo com quem tinha que lidar, por mais idiota, pequeno, insignificante e pessoal que fosse.

"*O matrimônio não é obrigatório, mas fornece descontos nas taxas e demais impostos de ríyenda!*": era justo ou injusto esse *slogan* do Governo no que atingia e tingia ao planejamento social (Supermonastério da Ração Social). O proveito Público dos juízes ladrões em empurrar algo dessa maneira era derrubá-lo, linchá-lo e estuprá-lo covardemente, para, na seqüência, aumentar a malhação do fisco e das sentenças.

Por serem *slogans* fáceis de decorar e por serem coisas do coração, aquilo deu nisso: a propaganda de felicidade ou desespero até podia ser Pública, mas o "amour"... ah, o "amour"... esse ainda era privado como o demônio do filho na cruz-credo! Por essas e outras propinas cujas mãos ávidas e desérticas haviam de ser fertilizadas com a água cristalina da corrupção mais podre, uma sujeira assim saía caro demais! E de mais a mais não tinha garantia carimbada e certificada pelos Despachantes do Deserto, não transportavam selos do correio e virtualmente podiam transmitir o vírus do computador informático com uma doença mental mortal qualquer, além de pagar muitas multas excessivas, estorsivas e injustas (as partes dos juízes ladrões, que nunca se esqueciam de si mesmos).

Acontece que Masha Milâine era casada e a poligamíya só era permitida para as mulheres brancas, de forma que não haveria problema nessa escuridão, desde que se observasse a parte dos juízes ladrões.

No entanto, para se aproximar da mulher de outro, era necessário haver certas cautelas, pois, se ela quisesse trocar de marido, um tipo qualquer de compromisso escuso e alheio logo se estabelecia por baixo das saias levantadas em desalento tedioso. Isso, inclusivemente, fazia lembrar a velha Anciã, agora Mademoiselle Narita Nikata, cujos Bonzaíys em forma de Tour Eifell eram vendidos em todos os Dutty Frees dos aeroportos do "Sistema", encantando as festas onanistas das embaixadas frânceiysas divulgadas por publicistas fascistas ilianianos e lituiyanos (haviam se separado por trás da Frente Rústica e, logo em seguida, reivindicando que o filho não era mais deles, ou "eles próprios", como os pais dos outros desejavam). Uma vez que a repetição contava pontos com o Governo (a palavra "repetição" era a que mais prevalecia nos discursos e nos acordões do Congresso), o Menino Trancado, habituado, exibiu algo como suas duas dúzias de reprises de "*Vidas Amargas à Zona Leste do Éden*" (uma minissérie sobre uma família de feirantes Ricos de uma região submersa por enchentes perto da muralha, do lado de dentro da cidadela afogada), o Menino Trancado havia comprado um pacote de reportagens de verão, mas era um verão antigüo, com cabines de madeira, guarda-sóis rendados, biquínis de uma peça, toalhas de babados, saiotes esvoaçantes e bermudas listradas.

Uma época em que só mesmo os doentes bronzeados (aqueles juízes que viviam de "ríyendas" alheias, por exemplo) poderiam tomar o Sol canceroso que a camada de ozônio enviava aos raios que os partam nas praias poluídas pelo sarcasmo dos locupletados.

Tanta programação de caráter pornographíyco terminou por levá-lo diretamente ao endereço da mulher, com dois ou três sorteios manipulados com antecedência e novas técnicas de efeitos especiais. Essas casas que o levaram à casa eram casas como quaisquer outras casas e não é impossível que fossem, elas próprias, reprises de si mesmas, num reflexo, ou arquivo morto.

No começo ele não se mostrou, para ver como a "ex-mulher" (piada sem graça...) reagiria à proximidade das baterias de câmeras de televisão da Geladeira em que vivia. Como qualquer princesa brontânica que desafiasse a libido e as Leis secas da Rainha Grandfather e dos paparazi, Masha Milâineskaia se ofereceu mais aberta em sorrisos do que um encontro fortuito daqueles poderia denunciar. O Menino filmou mal, trêmulo de "amour", porque o "amour" fazia sempre parecer que estava desnudo diante de sua presa (embora o preso fosse ele próprio); ele, que havia se Trancado com um *short* de *stone wanished* muito curto que o incomodava, ele, o reformador de Anciãs desquitadas, ele, testa-de-ferro dos juízes ladrões, ele, agora mesmo, naquela hora daquele época, não aprovava a nudez.

Filmou mal, tinha essas reservas moraiys, mas foi bem de perto, meio desfocado, de forma que, se passasse por um laboratório especial da fronteiyra ou contivesse algum laudo forjado e carimbado pelos Despachantes do Deserto, poderia muito bem ser parte em algum momento ou espécie de processo que, por ventura, uma certa errata das partes envolvidas quisesse se mover, remover ou revolver (desde que tirassem uma boa percentagem do caso escabroso para os ladrões, isto é, os juízes que, de forma clara que é óbvio, não ficavam sem o seu, como todos os outros juízes, ladrões também).

O poder discricionário terminou discriminado, de forma que o Supremo tirou férias de uma vez, o que ninguém perceberia se o Menino Trancado não flagrasse seus membros em calcinhas curtas e sutiãs pelas férias que tiraram, visitando embaixadas, estúdios de cinema e bancos ao portador nas Ilhas Menghelle, Suíytza.

Nikata estava no velho continente para uma feira de produtos eróticos e de laticínios (produzia seios de Silicone e mamadeiras descartáveis para o exército), de forma que tudo lhe foi muito bem armado pelas custas do Patrimônio Público. Ele seria o último a saber, mas isso é melhor deixar para o fim deste romance-reportagem. A moral e os bons costumes ficaram abalados e, portanto, de fora do acórdão, mais pra lá, bem longe e quanto mais enfurnada no tapete quanto possível.

Tratava-se sobretudo de vingança (ou "amour") pessoal do Menino Trancado, o que, é sabido, move as montanhas de Iahweh, de forma que, tomada de paixão, a Geladeira, isto é, o personagem em seu interior, por efeito do braço mecânico, tocou a campainha da fraternidade.

Os padres não gostaram, embora os pastores evangelíyscos adorassem e ironizassem a comédia islamíyca com sermões hedonistas e danças do ventre com caipirinhas alémans.

"*O adultério só será permitido em casos de estupro*" — era uma Lei feita para todos, mas que só os muito catholíycos, Pobres (não islamíycos) ou burros mesmo respeitavam. Masha era uma exceção monogâmica, mais ou menos... Como não sabia nada, era inimputável.

Aproveitando-se, no entanto, dessas inimputabilidades e demais benesses legais (diz a legenda que o próprio marido, perverso em seus *swings*, havia obtido a liminar de um juiz, ladrão e lúbrico) e do caos erothíyco, ethíyco e ethíliyco da situação (dera para beber e por outras coisas também), Masha se espojou na porta da Geladeira em trejeitos e meneios os quais, houvesse "*delay* na transmissão" (tecnologia protestante dos Estados Suínos), seria censurada por Teddy Bear Turner, o presidente supremo do "Sistema", filial de Miamíy.

Uma vez que a lógica era a da repetição, tal novidade era pior do que a velha (quando o Menino Trancado se relacionava com a Anciã, no caso rumoroso), pois naquela emissão tanto Masha Milâineskaia como nosso outro personagem central ainda eram terrivelmente jovens, cheios de vitalidade destrutiva e com tudo demais pela frente, em excesso mesmo, por mais que seu romance-reportagem bem como este livro desenganado estivessem acabando como começaram.

Era em tudo um sexo sem nexo de anjos, como outrora, mas agora os anjos tinham desenvolvido seus próprios poderes mágicos, numa bissexualidade, no máximo, tolerada pelo "Sistema" no Reino dos Céus (Parque Temático de "Sir" Nakhano Nikata). Tanto fazia se era por cima ou por baixo, pela frente ou por trás, pois chegavam a alternar-se nessas posições acrobáticas.

O que era lebre virava rato, o que era cão virava gato, o que era cobra virava espinho, o que era eleito perdia o mandato, o que era empossado enchia o saco, as formigas coletivas esmagavam elefantes divorciados e o que era compreensão virava repetição, como bem ou mal queriam os juízes ladrões, o Congresso, o exército, as Federações de Industriaes, velhos sindicatos antígüos (do Guarany-Purunii "pathern'alíystas") e o Governo como um todo.

Em meio a tudo isso, Narita Nikata comprara uma imobiliária e ficara imóvel. Era a velhice inexorável de suas plásticas, mesmo as mais bem-feitas, pois em algum lugar as pinças de pele flácida tinham que ancorar... mas era o porto o elo frágil da corrente.

Sabe-se que nenhuma corrente é mais forte do que o seu elo mais fraco. Narita Nikata também lançara o livro *Tíyerras do Cem Fins*, onde aplicava seus projetos urbanísticos sob a forma de loteamentos clandestinos a baixa prestação. Vivia um momento tão insignificante de importância depois do glamour de suas relações sexuais com o Menino Trancado que nem deveria ser mencionada aqui. Chega.

O sexo evoluía nas chamadas orais, vaginaes e anais da programação, mas tudo de brincadeirinha, porque o Menino Trancado só poderia penetrá-la com as ferramentas frias do seu raciocínio. Quando o Menino Trancado avançou com um jab metálico e arremessou Masha contra a parede, imediatamente deslocou-se para o seu corner, de modo a espremê-la e manipulá-la lá onde se dava melhor do que nada. Seus gélidos braços mecânicos e demais pinos espetados escarafuncharam o que puderam de suas extremidades, de forma que ela começou a lembrar-se do que praticamente esquecera no ultrapassado muito antes disso, quando formaram um belo casal lavando e enxugando louças para fora, na periferia da cidadela. O casal podia ser belo, mas, lembrem-se por favor, "beleza" não era mais fundamental! Os salões de beleza mesmo haviam se transferido para o Deserto! A coisa que deixava a todos um pouco melhores à vista dos outros era mesmo a míyerda do dinheiro. Masha Milâineskaia passou imediatamente às suas justificativas, todas de má qualidade (imagem e som e transmissão de ambos, operados pelo seu maior inimigo), mal escritas e em desordem narrativa.

Masha acusava o Menino Trancado de esnobismo. Ele se defendia mal, dizendo que não aparecia muito e acusava-a de estrabismo. Ela defendia-se, dizendo que enxergava melhor do que ele Trancado dentro de uma Geladeira e acusava-o de tê-la abandonado com os cacos quebrados e o chão por varrer. O Menino Trancado, por sua vez encurralado, desviava do assunto e acusava-a de ter-se entregado ao primeiro íyaponais que apareceu, assim que ele rumara para o Deserto, onde chafurdara nos despachos, vudus e macumbas maledicentes. Masha defendia-se dizendo que não havia tantos íyaponaises assim, que eles eram "diferentes", mais silenciosos e desanimados, mas que sabiam fazer o "amour" na prática e, tirando a relação sexual que mantinham em concubinato com seu imperador, até que desempenhavam bem. Ainda acusou-o de moralíysmo. O Menino Trancado sentiu o golpe e se afastou. Se afastou para ver melhor as vergonhosas cicatrizes das plásticas no pescoço e nas axilas, exibidas ao vivo, em plano de detalhe e desavergonhadamente por Mashinha, que não parara de beber.

Disse mais!

Muito mais!!

Falou muito!!!

Até demais, argumentando que tais plásticas sucessivas, bem como sua tecnologia e modelo de financiamento usado pelo marido ("ex-marido", simplesmente "marido", ou marido "simplesmente viajando" que fosse), haviam sido, nos fundíliyos, propiciadas pelo contra-investimento maciço nas clínicas privadas do "Sistema", realizado em prol do rejuvenescimento temporário da Anciã Desquitada, naquela situação anterior. Agora, neste momento presente mesmo daquela época, clamou emocionado e pedinte que não fora em direção à velha senão por caridade, que os velhos também mereciam algum aproveitamento do orgasmo antes que se acabassem de vez na poeira do outro lado da muralha e que ele a conhecera bem mal (biblicamente falando). Chorou, aumentando a audiência em sete pontos e meio, destruindo de vez as mentiras da concorrência que se avizinhava. Em retribuição, Masha lhe dissera que no momento de abandono tinha realmente perdido os sentidos, só que não lembrava se por força da partida do Menino Trancado ou da manipulação precisa de Nikata.

Ela era sincera ou ladina, como saber?

Tanta sinceridade no programa acabou levantando novamente a suspeita na testa do outro, que permaneceu calado por um top top de oito segundos. Passada a vinheta, o Menino Trancado desfez o mal-entendido, dizendo que fora ele mesmo quem levara o íyaponais até ela, o que Milâineskaia não lembrava, pois estava bebendo muito e nem era daquela época.

A roupa suja lavada em público faria com que se passasse um sabão definitivo em tudo o que acontecera, tornando à repetição que alegrava toda audiência. Aliás, Masha dava audiência ao programa, pois tornara-se putável e garota de programa, arrancando a roupa e entregando-se de membros abertos nos braços mecânicos mornos da caixa metálica (ar quente em reverso do frio, segundo o manual do proprietário da NASA do B). Neste momento, mesmo dentro da Geladeira onde estava encarcerado por si próprio, o Menino Trancado pôde ver perfeitamente que não havia cicatriz em sua corcunda, levando-o a pensar se aquela marca natural não havia sido forjada artificialmente, com travesseiros macios nas costas empinadas, para não doer demais... Será? Bem, não era mais tempo de relembrar vingativamente do ultrapassado.

Tudo fora perdoado!

Quando, por fim, perto dos últimos intervalos para fins lucrativos, o Menino Trancado lhe acendeu os refletores na cara e mostrou a extensão de sua ferramenta, Masha Milâineskaia caiu em si... na Geladeira... nele... no chão afinal, pois, tomado de êxtase, o outro a soltara no solo imberbe (cimentado vermelho).

Diante da mulher decaída ele também não pôde fazer nada. Esperou que ela recuperasse os poucos sentidos que ainda dispunha, lutasse contra a gravidade (10 m/s), a musculatura (65% de água) e a compostura, para aceder até a sua altura...

Impaciente, revolvido e resolvido a se rebaixar em tudo e por tudo o que lhe parecia mais sagrado naquele momento, ele abandonou seu recipiente inviolável de tecnologia reciclável mandando o maçarico interno destruir a embalagem com um pé na porta soldada! Liberando-se definitivamente para o ar que nos rodeia, voltou a sentir o frio natural de todos os tempos e para todos os homens. Com o amor de sua vida aos seus pontapés, ele a pediu em casamento, bateu muito nela e foram felizes para sempre. Uma felicidade obrigatória, mesquinha, insuportável, terrível e opressora.

fim

D. F.

Depois do Fim

(a pedido, ou imposição, dos editores)

Depois da Batalha Gelada Pela Audiência, como ficara conhecido o pior episódio do programa de casamentos ao vivo da Civilização Brasileira, pouca água passou por baixo da ponte movediça. Em primeiro lugar porque a escassa água limpa que havia era racionada somente para os Ricos que podiam lavar a calçada, os carros importados e regar os jardins suspensos; em segundo lugar, porque as pontes tinham caído, temerárias que eram, especialmente as grandes, compridas e grossas, para que fossem reconstruídas na próxima gestão por novos executivos frescos no Governo; e em terceiro lugar, porque havia sim alguns problemas legais para que essa história terminasse dessa maneira. Postos estes considerandos, julgamos (*os editores informam que essa primeira pessoa do plural não os inclui*) por bem explicar um pouco mal o que, depois do fim, terminou acontecendo...

Já estamos praticamente no fim e como todo fim não deixa de ser um eterno recomeço de alguma coisa, mesmo para os mais velhos ou jovens cansados, eis a razão pela qual muitos se acabam nas encruzilhadas do caminho. Cuidado! Os peritos afirmam que costumamos morrer mais rápido quando somos atingidos de lado, pois o pescoço rompe-se na base e deixa os nervos vagos do que virá depois. Até podia ser o futuro para os vivos que perecem sem capacete ou com cem capacetes, que nunca foram bons em proteção como o são nos acidentes glamourosos, aterradores e estonteantes que, no frigir dos ovos daquela época, eram cada vez mais transmitidos pelas cadeias de TV. Quanto aos ovos, as cascas foram quebradas para a omelete necessária da História, à qual se adicionou sal, cheiro-verde e uma pitada de pimenta, para animar. As galinhas haviam sido readmitidas no "Sistema", fornecendo merenda para o exército e para o Congresso, além de material de cena para os despachos.

Ante o descrédito dos credores possíveis, era o Congresso quem não pagava a conta de suas refeições, dizendo que o déficit era de capital humano, não de alimentos estocados, justamente quando havia inúmeros braços esfomeados e aleijados para o trabalho escravo.

Quanto à infra-estrutura, depois de ser privatizada por alguns meses, esquentando mais dinheiro que doação de traficante à igreja dos dízimos, o "Sistema" tornara a ser revendido novamente (três vezes) em bloco para o poder Público. Toda comunicação Oficial tinha-se tornado mais agressiva, com destaque especial para os programas de problemas religiosos. O equipamento do Menino

Trancado fora doado como exemplo frustrado e frustrante ao *Institutho Ethoíys Shitsouríyan*, onde ao lado de outras cápsulas siderais permaneceria em exposição, parada, fria, gelada, para que as crianças brincassem e desaprendessem algumas coisas sobre solidariedade e encantamento.

Era menos o tédio, hoje em dia, e mais a autocomiseração, antes, entre outras as doenças auto-imunes que acometiam a Civilização Brasileira. De todo modo, nem todo fim merece ser assim.... essa... esse mesmo. Trata-se de cada qual fazer seu rescaldo pessoal... e os Bombeiros Voluntários não poderiam mais fazer isso por ninguém, por mais voluntariosos que fossem, uma vez que se encontravam desempregados e proibidos de exercer a profissão de fé. Mais adiante (quem sabe?) poderiam ser recontratados em concursos Públicos.

Todos (segundo os editores) precisam ter um destino num romance-reportagem, por mais realistas que sejam as cores nos livrinhos sagrados de auto-ajuda; assim, Nikata, o íyaponais, por exemplo, voltou mais Rico, maduro e profético ao velho continente, uma vez que abrira um franchaisinho de prostitutas anãs e pesadas drogas visionárias de ocasião em Hamsterdão. É preciso dizer que não é preciso dizer que ele também ficou mais ou menos bem contente ("daquela maneira possível"...) de não ter mais uma mulher para criar junto com os filhos, que, lembremse, eram três e davam muito trabalho às madrastas. Ainda no velho continente, o íyaponais se casara em poligamia com duas mulheres espaníyolas, *Maíyorka* e *Miníyorca*, que lutavam na lama em trajes mínimos uma, e a outra nua em pêlos sentindo-se mutuamente muito bem onde estavam, apesar de o barro entrar nas dobrinhas e coisinhas perigosas. Nikata até pensou em tirar satisfações de alguma coisa em algum desses lugares escondidos, mas tinha colocado outros claros problemas conjugais no lugar: já tinha esposas demais para pagar caro a sua traição, uma vez que as gemelas espaníyolas não falavam sua língua em questões de "fidelidadch" e economíya e nem saldavam as contas das escolas de flamingo no vermelho. Num instante, agora mesmo, parou com tudo, que fazer sexo nem era mais tão importante em sua vida que não pudesse praticá-lo isoladamente, em meditação, numa montanha de lixo do Tibethíy...

"*Quem contudo pára com tudo morre*", dizem alguns dos piores pessimistas especialistas, embora na Civilização Brasileira isso não seja, ou não era, verdade naquela época...

Que época é essa... ou aquela... Meu deus do Céu?

Aquela é verdade?

Que Deus?

Não me venham com essa história de "verdade" que eu já estou puxando a minha arma!

E Deus então?! Coisa mais antígüa!

Por falar nisso, da ex-Anciã Desquitada ninguém mais ouviu falar e nem se devia descrever por aqui, pois estava, supostamente, "desaparecida de lá para sempre" (categoria criada nas prisões da PF e no exército) e soterrada no Deserto, o que foi considerado puro preconceito antígüo misturado com preguiça ou covardia diante dos mais velhos e indefesos, que nem queriam reagir ao que quer que fosse.

"Sir" Nakhano Nikata se tornaria um megaempresário Pauníysta do ramo de plásticos extrusados, aumentando a arrecadação de taxas e demais impostos no vacuum de poder do Governo como um todo.

O que faltaria falar nem presta, mas o fato é que os Despachantes terminaram finalmente se aliando aos pós-doutores, criando uma Universalidade de Brasiléiya para a sua patuléria, onde se entrava por um lado e se saía pelo outro despreparado, por melhores que fossem as piores expectativas educacionais em questão.

"Expectativas?" *Are you shure?*

Não tinham elas sido banidas por um ríctus de um Athos Instituthional em meio ao marasmo desgostoso da década de 93?

Sem dúvida que um livro pode não ser tudo...

"*Mas tudo é muito!*", versificam os apressados escritores encagaçados... e eu digo: esperem um pouco... um pouquinho do tamanho que sejamos... pode se querer ser de tudo sim e quebrar a cara das capas no esquecimento. Quem se preocupará com o que se esquece?

Os outros todos devem (ou deveriam) estar mortos há muito tempo...

De mais a mais, há reticências demais...

Bem... quanto aos juízes ladrões, à falta de quem julgar, vigiar ou punir, herdaram as próprias terras devolutas e foram recebidos nos paraísos fiscais por um só Deus, todo-poderoso e Supremo. Amém.

fim último

Conheça mais sobre nossos livros e autores no site
www.objetiva.com.br
Disque-Objetiva: 0800 224466 (ligação gratuita)

markgraph
Rua Aguiar Moreira, 386 - Bonsucesso
Tel.: (21) 3868-5802 Fax: (21) 270-9656
e-mail: markgraph@domain.com.br
Rio de Janeiro - RJ